D1192816

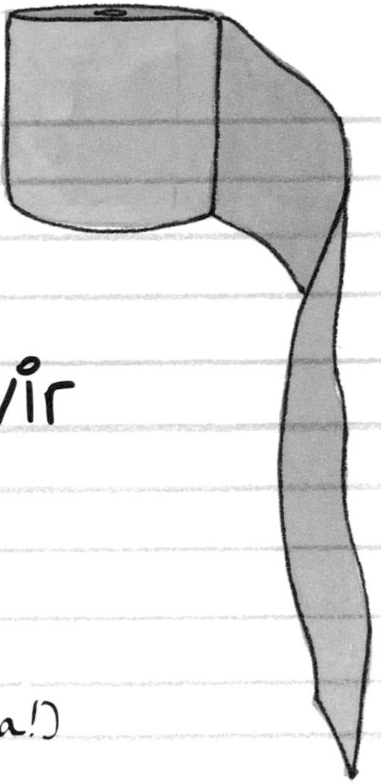

Escoba peligrosa buscando una presa

Rollo de papel acechante tamaño industrial

Amelia: Cómo sobrevivir al colegio

de Marissa Moss
(¡Y la intrépida guía Amelia!)

¡Si pudiera salir del armario del conserje!

EDAF
www.edaf.net
Libros para jóvenes lectores
Madrid - México - Buenos Aires - San Juan - Santiago - Miami
2011

Regla (se puede usar para entablillar si es necesario)

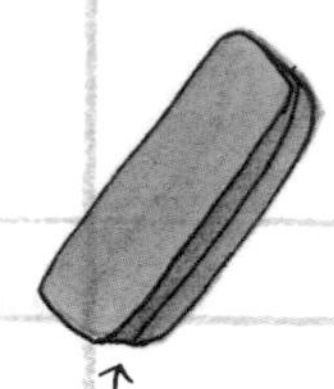

Esta guía está dedicada a Asa, ¡una experta con todo lo relacionado con el colegio!

LIBROS PARA JÓVENES LECTORES

Departamento de publicaciones
para niños EDAF, S. L.
Jorge Juan, 68. 28009 Madrid
http://www.edaf.net
edaf@edaf.net

Compás (no el de las partituras musicales, pero muy útil para indómitos problemas de mates)

Primera edición febrero 2011. Editorial Edaf, S. L.

Diseño del libro: Amelia
(con la ayuda de Jessica Sonkin)
ISBN: 978-84-414-2663-4
Depósito legal: M. 3.954-2011
Impreso en Anzos

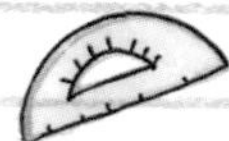

El colegio está a punto de empezar y de ninguna manera quiero cometer los mismos errores que cometí el año pasado. Así que escribo esta guía para asegurarme de que hago las cosas BIEN.

Empezaré con 10 propósitos para el año escolar.

1. Este año NO llamaré "Mamá" a la profesora por error.

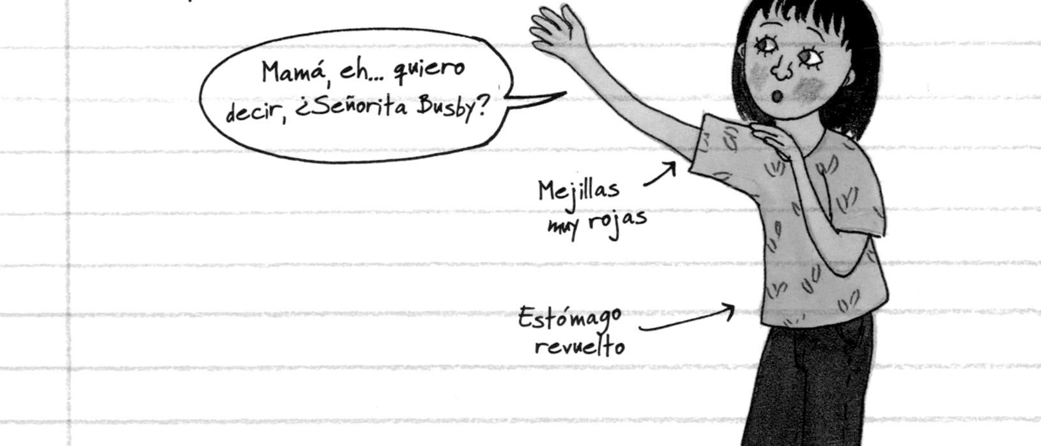

Mamá, eh... quiero decir, ¿Señorita Busby?

Mejillas muy rojas

Estómago revuelto

¡Tierra, trágame!

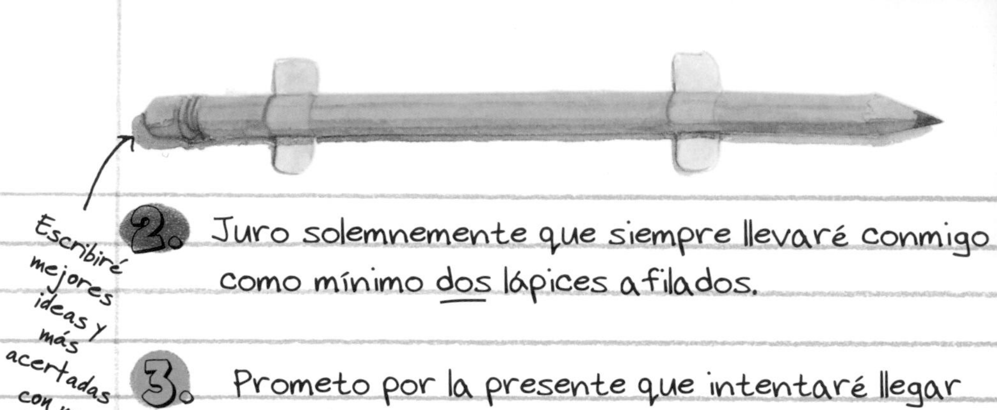

Escribiré mejores ideas y más acertadas con un lápiz bien afilado. Los lápices sin punta entorpecen mis ideas.

2. Juro solemnemente que siempre llevaré conmigo como mínimo dos lápices afilados.

3. Prometo por la presente que intentaré llegar al cole pronto para poder ver a mis amigos antes de que empiece la clase.

Carly
Me pondrá de buen humor empezar el día hablando con Carly y Leah.
Leah

4. Prometo, con la mano en el corazón, devolver todos los libros de la biblioteca puntualmente, para poder coger prestados siempre nuevos libros.

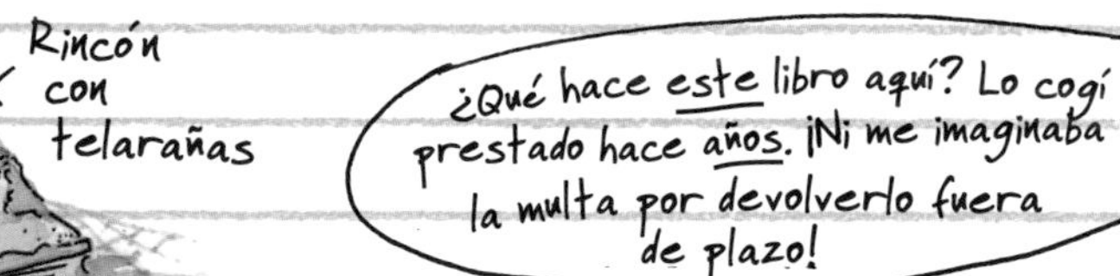

Rincón con telarañas
¿Qué hace este libro aquí? Lo cogí prestado hace años. ¡Ni me imaginaba la multa por devolverlo fuera de plazo!

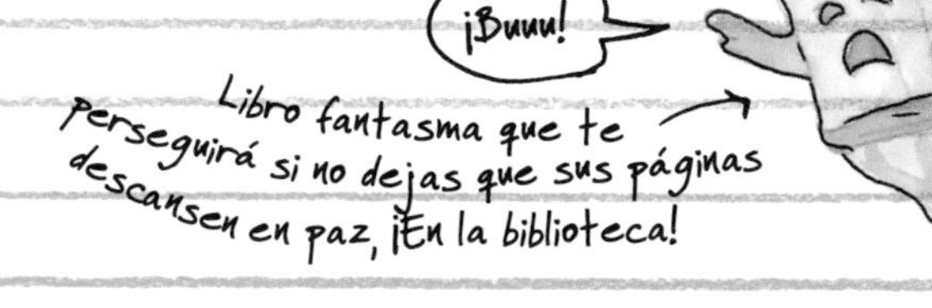

¡Buuu!
Libro fantasma que te perseguirá si no dejas que sus páginas descansen en paz, ¡En la biblioteca!

5. He tomado la decisión de inventar mis propios juegos si no encuentro a nadie con quien jugar en el recreo.

Y ahora jugamos al "Invisi-bol", ¡que no se te caiga!

En esta situación siempre va bien tener tizas de colores

6. Prometo preocuparme solo de <u>mis</u> notas, no de las notas que sacan otros niños.

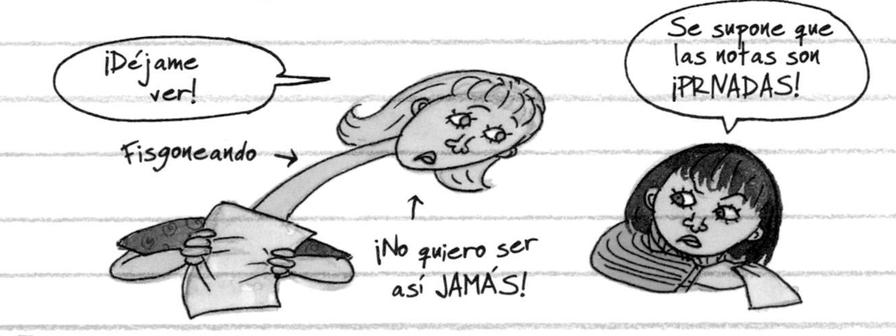

¡Déjame ver!
Fisgoneando
¡No quiero ser así JAMÁS!
Se supone que las notas son ¡PRIVADAS!

7. Trataré de sentarme en la primera fila.

De otro modo tengo que saltar arriba y abajo para poder ver la pizarra.

8. Doy mi palabra de que desayunaré bien todos los días.

Juro que no soy yo; es mi estómago.

¡GRRRRRRRR!

¡GRRRRRRRRRRR!

Un bollo de copos de avena no es un buen desayuno.

9. Intentaré aprender una nueva palabra cada semana, ¡y usarla!

"Profe", ¿cuál es la hermenéutica de las reseñas literarias?

¿Es como la terapéutica de las gimnasias minoritarias?

¿O la aeronáutica de las avionetas minoritarias?

La compota de ciruela no es un buen desayuno.

10. Proclamo solemnemente que, pase lo que pase este año en el colegio, ¡ESTARÉ PREPARADA!

Mochila con material escolar, botiquín de primeros auxilios, fiambrera, ropa de recambio, telescopio

Además: lupa, paraguas, tapones para los oídos y libreta

La pizza fría es un desayuno muy bueno.

Un donut fresco es un desayuno muy bueno.

DENTRO DEL CEREBRO DEL ESTUDIANTE MEDIO

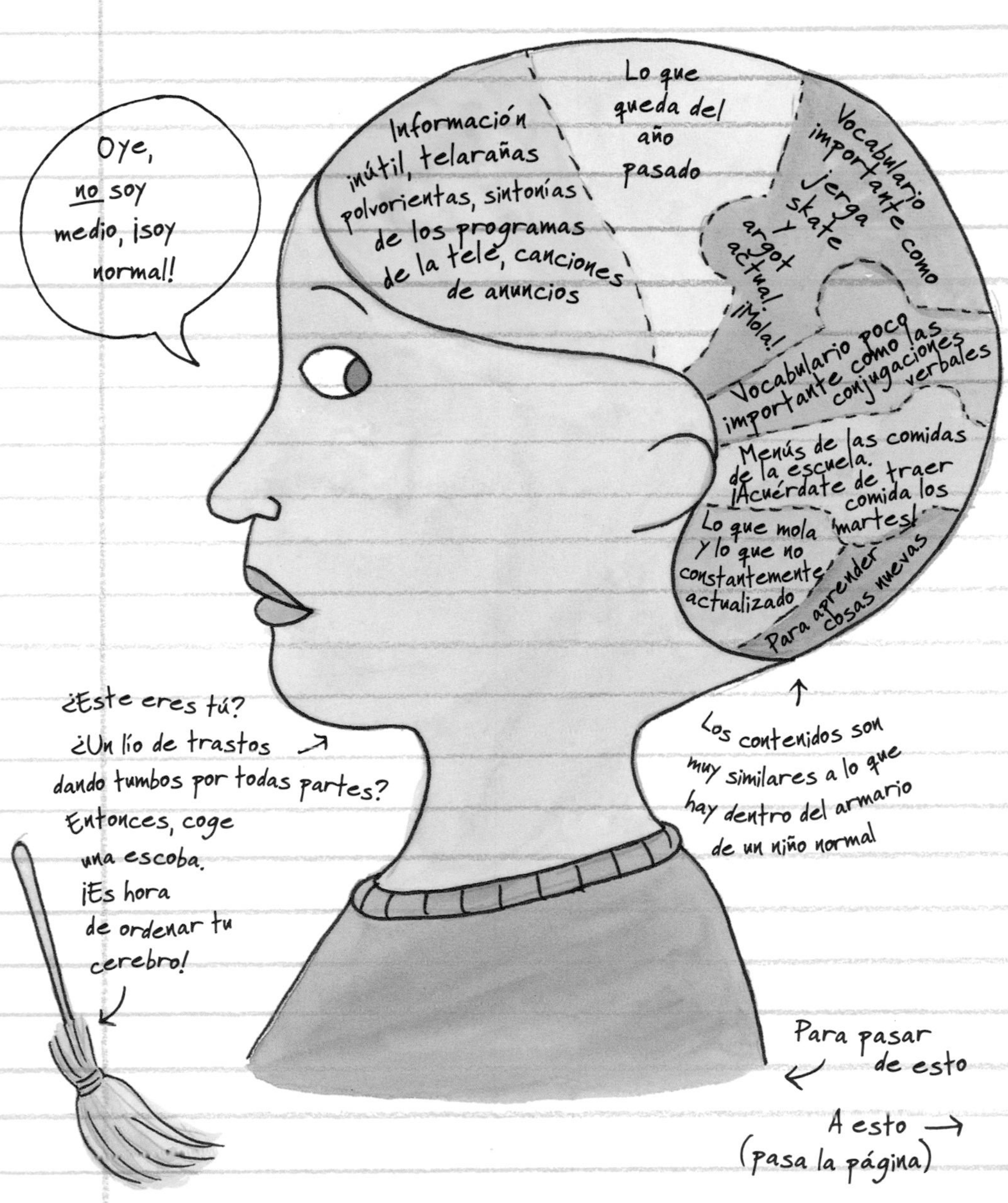

A esto →
(pasa la página)

¡NUEVO!

CEREBRO ¡MEJORADO!

PREPARADO PARA la ACCIÓN

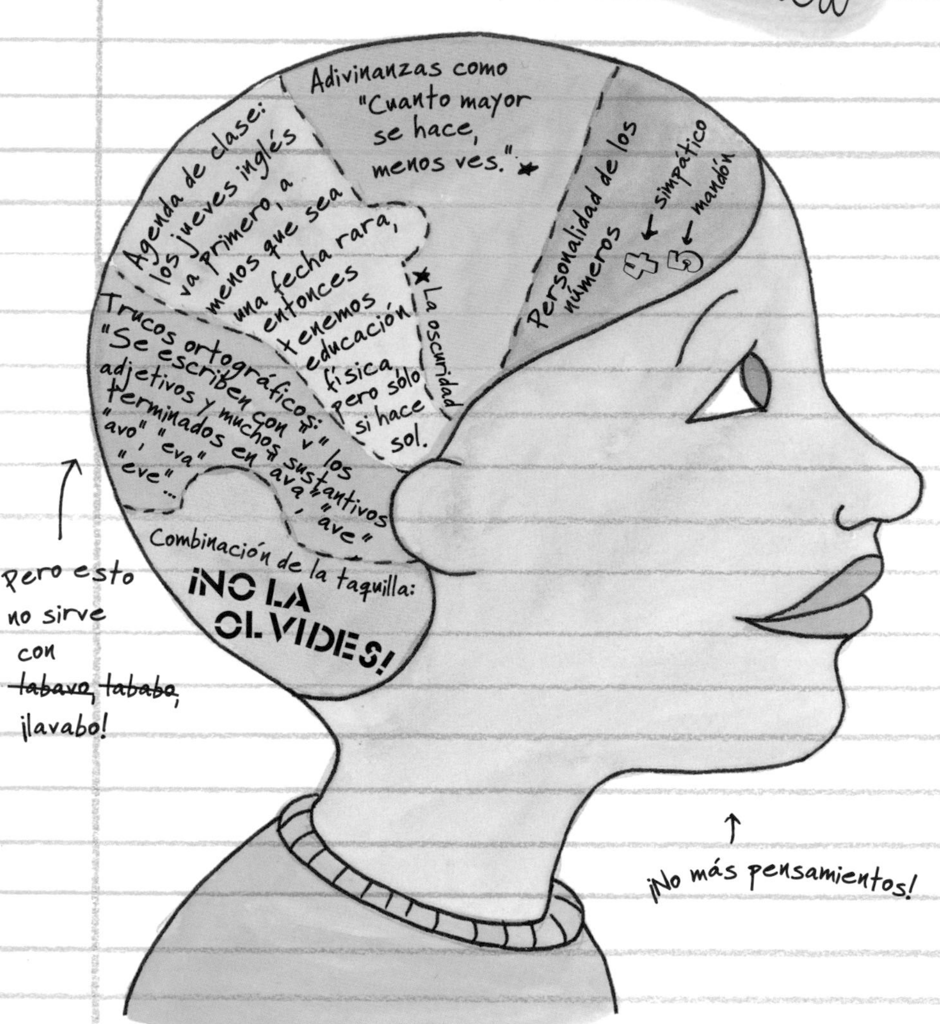
Adivinanzas como "Cuanto mayor se hace, menos ves." ★
Agenda de clase: los jueves inglés va primero, a menos que sea una fecha rara, entonces tenemos educación física pero sólo si hace sol.
★ La oscuridad
Personalidad de los números
4 ← simpático
5 ← mandón
Trucos ortográficos: "Se escriben con "v" los adjetivos y muchos sustantivos terminados en "ava", "ave" "avo", "eva" "eve"...
Combinación de la taquilla: ¡NO LA OLVIDES!
Pero esto no sirve con ~~tabavo, tababo~~, ¡lavabo!
¡No más pensamientos!

HERRAMIENTAS ESCOLARES

La mayoría de los "coles" envían a casa una lista de cosas que hay que conseguir para el primer día de clase, pero no te dicen lo que de verdad necesitas.

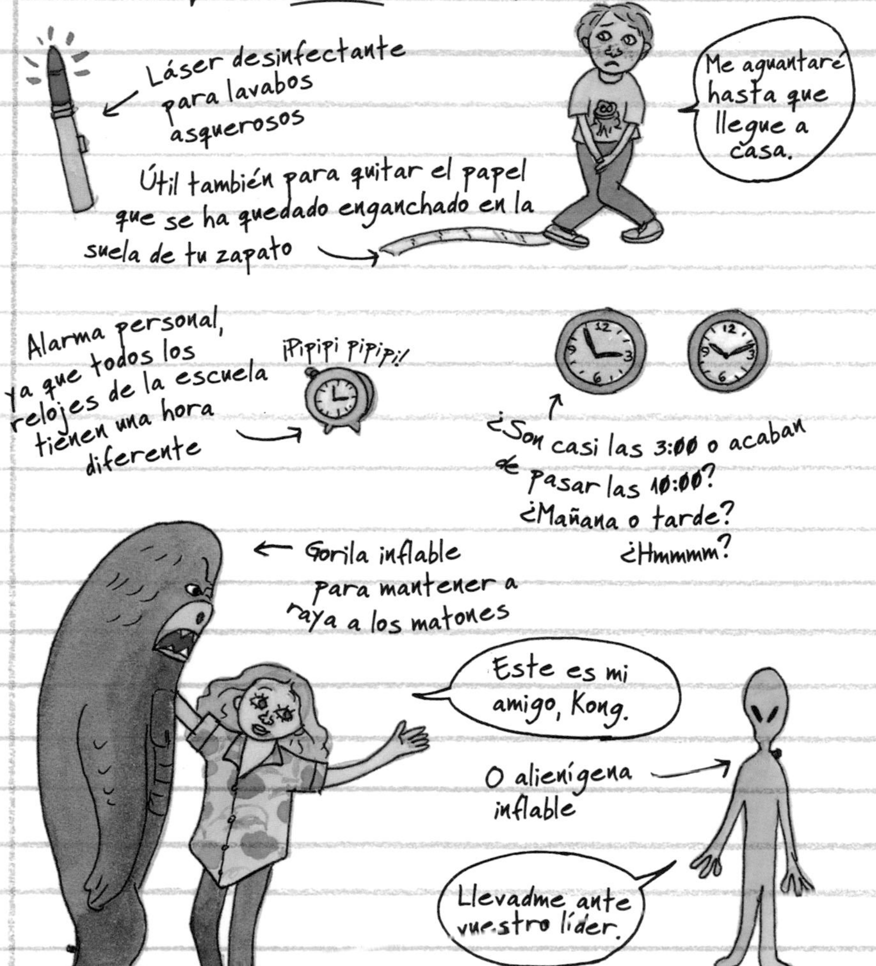
Láser desinfectante para lavabos asquerosos
Me aguantaré hasta que llegue a casa.
Útil también para quitar el papel que se ha quedado enganchado en la suela de tu zapato
Alarma personal, ya que todos los relojes de la escuela tienen una hora diferente
¡Pipipi pipipi!
¿Son casi las 3:00 o acaban de pasar las 10:00? ¿Mañana o tarde? ¿Hmmmm?
Gorila inflable para mantener a raya a los matones
Este es mi amigo, Kong.
O alienígena inflable
Llevadme ante vuestro líder.

RETRATO DEL ESTUDIANTE IDEAL
¡Esa seré yo!
Pelo bien cepillado
Ojos alerta y bien despiertos
Camiseta limpia, un poco arrugada
Mochila con todos los deberes hechos
Estómago feliz y bien alimentado
Reloj: para que esos relojes estropeados del colegio no me hagan llegar tarde
Uñas no mordidas a a causa de los nervios
Pantalones limpios sin agujeros andrajosos en las rodillas
Zapatillas deportivas para que el profesor de educación física no se queje
Ningún chicle pegado a la suela

RETRATO DEL DESASTRE
ANDANTE

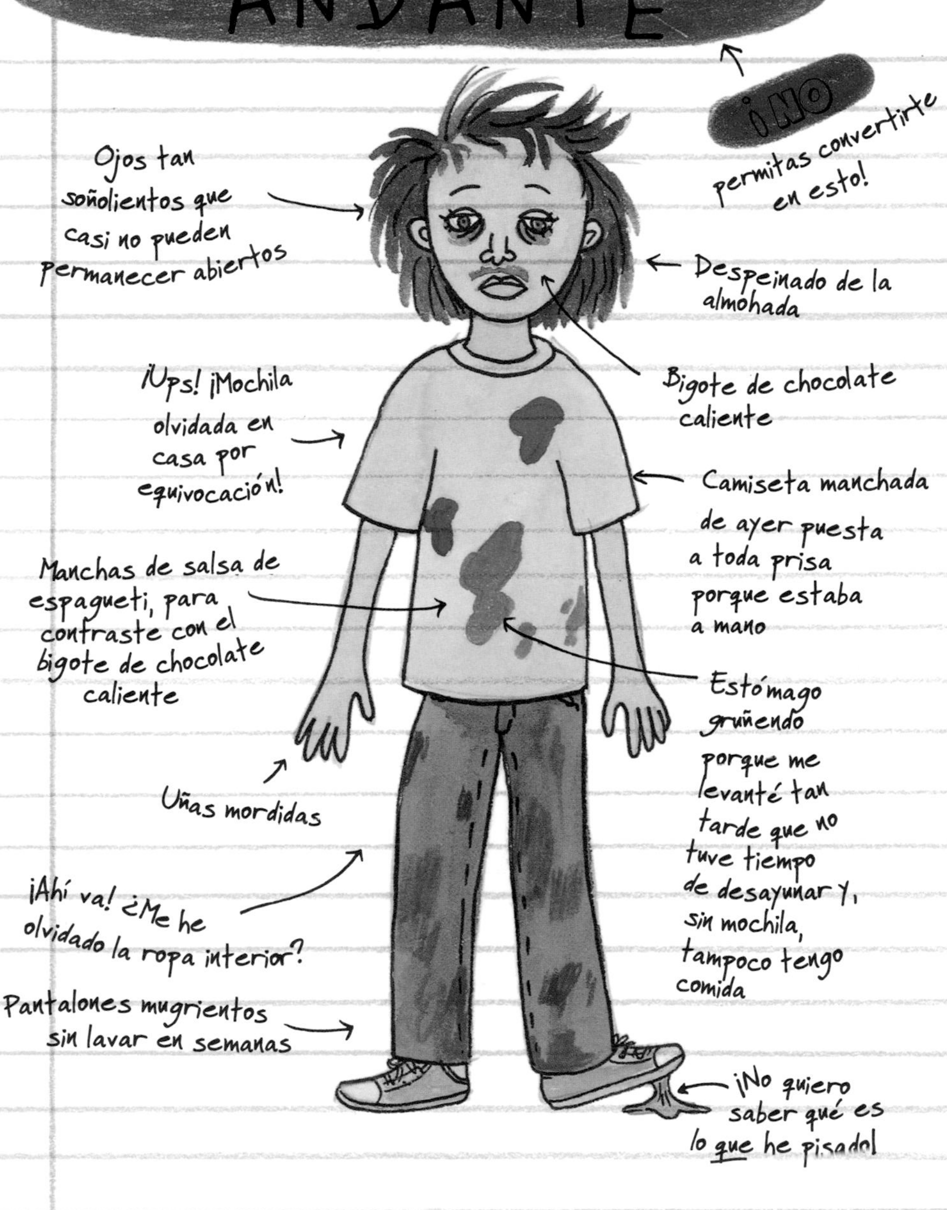
¡NO
permitas convertirte en esto!
Ojos tan soñolientos que casi no pueden permanecer abiertos
Despeinado de la almohada
Bigote de chocolate caliente
¡Ups! ¡Mochila olvidada en casa por equivocación!
Camiseta manchada de ayer puesta a toda prisa porque estaba a mano
Manchas de salsa de espagueti, para contraste con el bigote de chocolate caliente
Estómago gruñendo porque me levanté tan tarde que no tuve tiempo de desayunar y, sin mochila, tampoco tengo comida
Uñas mordidas
¡Ahí va! ¿Me he olvidado la ropa interior?
Pantalones mugrientos sin lavar en semanas
¡No quiero saber qué es lo que he pisado!

ANTI ABC

O CÓMO ACTUAR ANTE EMERGENCIAS...

Tirita para cortes hechos con papel

Para resucitar a tu cerebro después de que unas clases letales te hayan aburrido hasta morir, respira profundamente y piensa algunos trabalenguas. Poco a poco, pero sin duda, tu cerebro revivirá.

¡No puedo parar de bostezar!

Botella de agua caliente para manos con calambres de tanto tomar apuntes

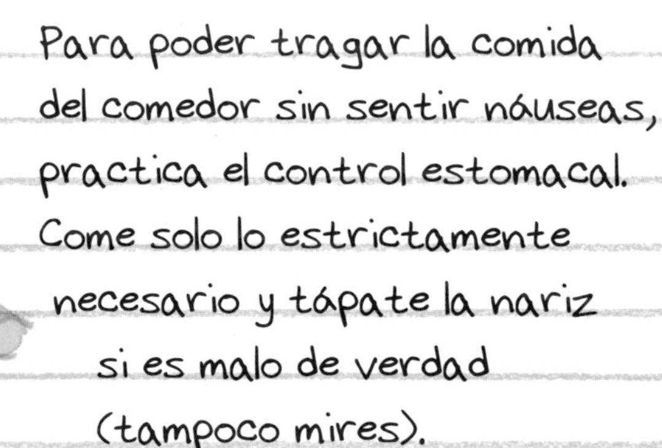

Para poder tragar la comida del comedor sin sentir náuseas, practica el control estomacal. Come solo lo estrictamente necesario y tápate la nariz si es malo de verdad (tampoco mires).

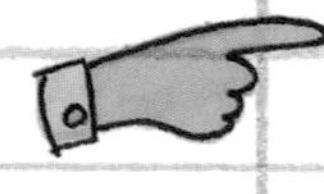

Estos dos remedios también son útiles en casa; úsalos en caso de mala comida casera o previsible charla paterna.

¡S.O.S.!

...SIN INCLUIR PÉRDIDA DE SANGRE

Si alguien roba tu comida y tú sabes quién es el ladrón, di algo para que se arrepientan de veras de haberlo comido.

Muletas para pie lastimado por la caída de una mochila

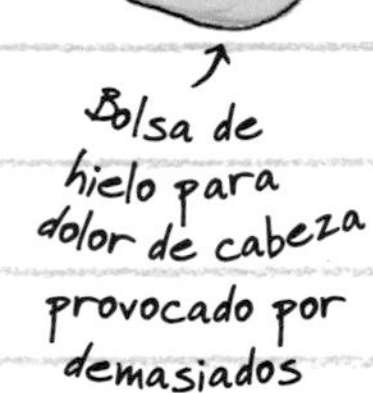

Bolsa de hielo para dolor de cabeza provocado por demasiados deberes

Oh, espero que no tomaras mi comida por equivocación. Tengo un problema en el corazón y mi madre esconde la medicina en mi postre. No hace que la comida sepa mal.

Pero te puede provocar un ataque al corazón

¡¡De repente me siento fatal!!

Si alguien se porta mal contigo y te insulta, piensa en la palabra más extraña que puedas y llámales eso.

Puede parecer imposible evitar a los matones, ¡pero NO es imposible defenderte!

¡Eres un clorogag-fisquireto!

No digas palabrotas, no vaya a ser que te metas en líos

¿Eh?

Se pasarán días intentando descubrir qué les llamaste.

¡Mi gorila es más grande que el tuyo!

La guia de Amelia

Ojos que apenas parpadean

La boca nunca se abre más que esto

Ropa gris a juego con una voz gris

Las manos nunca gesticulan; eso sería demasiado expresivo

Zapatos sosos sin personalidad para hacerlo todo más soso

El farfullador monótono

Se puede reconocer a este profesor principalmente por su voz. Lo dice todo exactamente con el mismo tono, como si estuviera leyendo un listín telefónico.

PELIGRO: ¡Puede que te quedes dormido en clase! Para mantener tus ojos abiertos, dibuja un gráfico que represente cómo y cuánto quieres que su voz suba y baje.

Consejo útil: Lleva ropa interior apretada, ¡el dolor te mantendrá despiert@!

LA lluvia en España suele caer EN la montaña.

para profesores

La acumuladora de deberes

Esta profesora pone tantos deberes que no tienes tiempo para NADA más. **NO** te quejes de que es demasiado o te dará más. ("¡Te enseñaré demasiado!"). **¡INTENTA** negociar con ella.

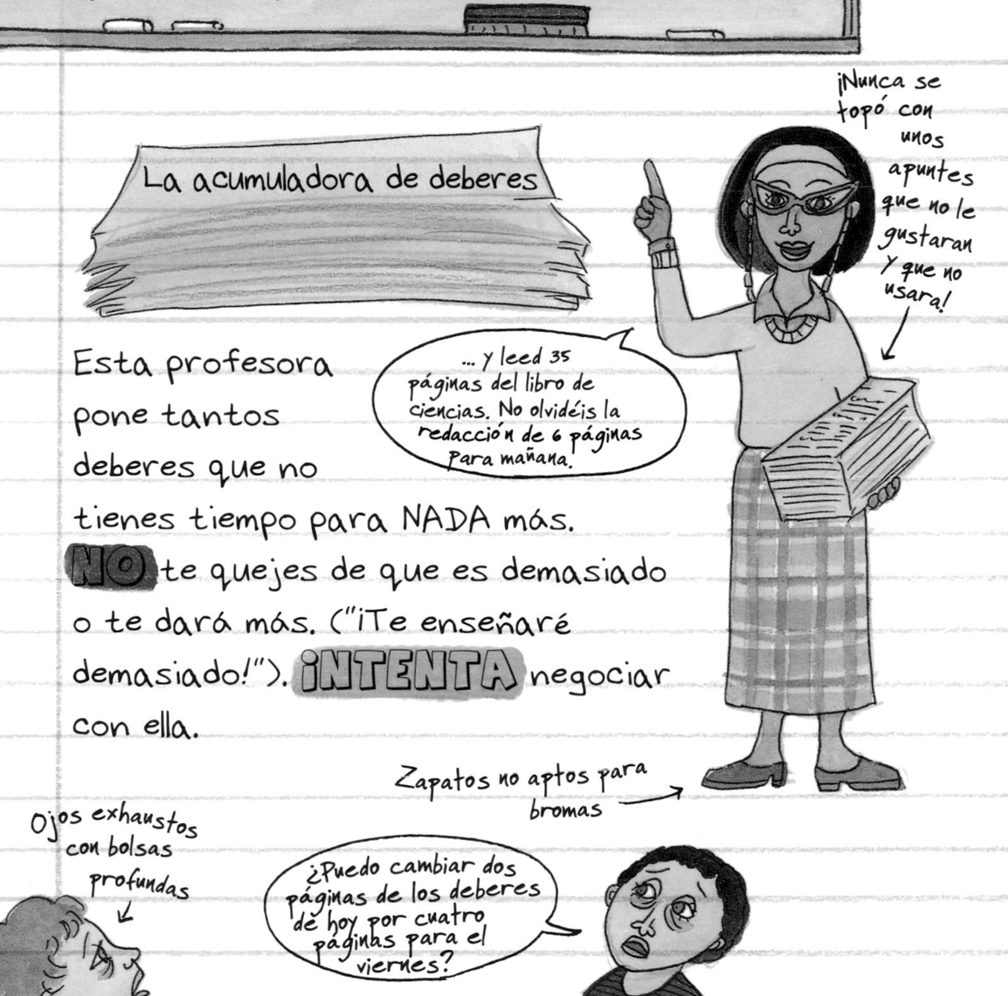

¡Nunca se topó con unos apuntes que no le gustaran y que no usara!
... y leed 35 páginas del libro de ciencias. No olvidéis la redacción de 6 páginas para mañana.
Zapatos no aptos para bromas
Ojos exhaustos con bolsas profundas
¿Puedo cambiar dos páginas de los deberes de hoy por cuatro páginas para el viernes?
¿Podríamos hacer más trabajo en clase y menos en casa?

Consejo útil:

Prueba a dormir en esta clase. Así estarás fresco para los deberes de después.

¡Rah, rah!
¡Ánimo, clase, ánimo!
La animadora parlanchina
Esta profesora tiene un montón de entusiasmo para todo, incluso para simulacros de incendio. Muestra un poco de espíritu de equipo y se pondrá contenta. Si te inventas tus propios vítores, ¡se extasiará!
Lleva colores vivos y complementos temáticos (como arañas para Halloween y collares de Papá Noel en Navidad)
¡Eo, eo, eo! ¿Qué es lo que queremos? ¡Recreo, recreo, sí, recreo!
Consejo útil:
Contágiate del espíritu y únete al equipo. ¡Será más divertido!

El profesor gruñón

¡Alegradme el día! Dadme cualquier excusa para castigaros.

Este profesor ha trabajado demasiado duro durante demasiado tiempo. No te quedes con su cara mala (lo sé, te estás preguntando qué otra cara puede tener). E intenta no ser un gruñón tú también, o las cosas se volverán aún peores.

Boca siempre fruncida

Boli rojo siempre a punto en su bolsillo

Consejo útil:

Intenta lo que sea para animarlo. Quizá pierda algo de su gruñonería (pero no prometo nada).

Quizá estos zapatos son demasiado estrechos y puntiagudos, y por eso él es tan gruñón

He pensado que quizá querrías una manzana.

¿Está envenenada?

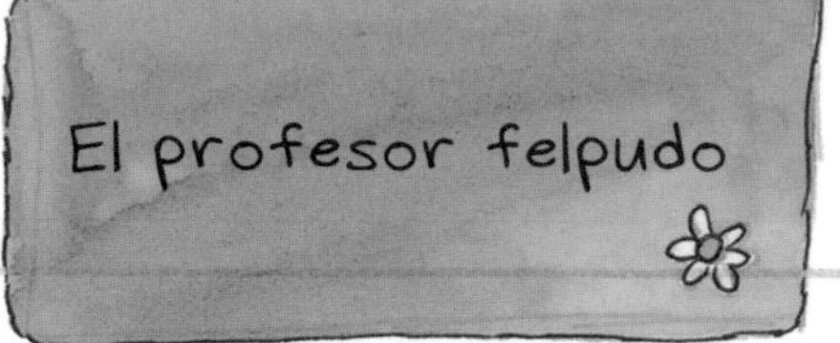

El profesor felpudo

Reconocible por las pisadas de los estudiantes al caminar sobre ella

Voz suave y tímida

Manos temblorosas

Bolas de papel a sus pies

Este profesor acostumbra a ser (aunque no siempre) un sustituto. Puedes detectar a un felpudo por su incapacidad para controlar niños. Tener a alumnos corriendo por la clase puede ser divertido durante un día o dos, pero se vuelve ABURRIIIIIIIIIIDOO al cabo de un tiempo.

PELIGRO: Los felpudos pueden ir desde aquellos sobre los que se camina por encima hasta aquellos sobre los que se corre por encima. ¡Presta atención a posibles estampidas!

Consejo útil:

Protege esta especie en peligro animando a los otros chicos a que las escuchen y respeten.

Puedes coger prestada mi aguijada eléctrica.

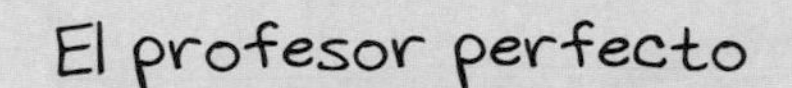

El profesor perfecto

Esta no es una criatura mitológica, aunque sí una especie en extinción. Tendrás suerte de tener 1 espécimen de este género en todos tus años de colegio. Pero uno es todo lo que necesitas, ya que este profesor es tan enrollado y divertido que no lo olvidarás nunca. Lo reconocerás por su habilidad para abrir tu cerebro a nuevas cosas.

Cabeza llena de ideas geniales

Normalmente sostiene algo interesante

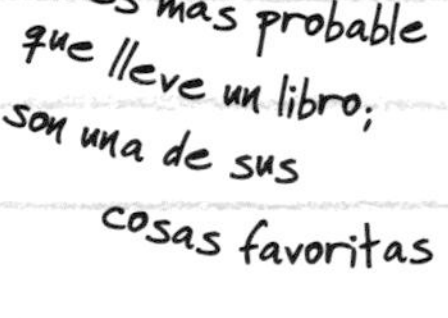
Aún es más probable que lleve un libro; son una de sus cosas favoritas

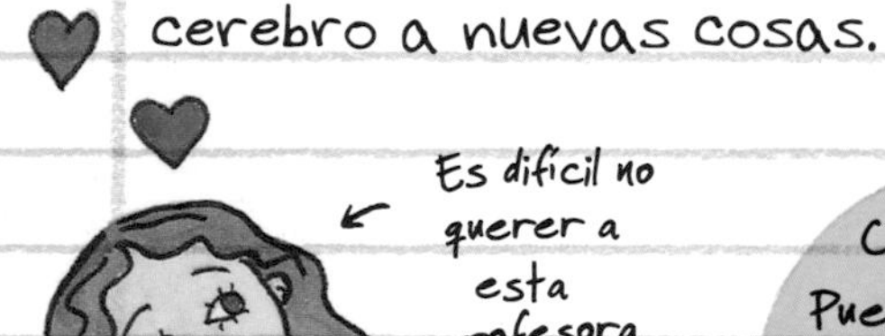

Es difícil no querer a esta profesora, ¡así que sigue así!

Consejo útil:
Puede que no reconozcas esta especie al principio; pueden camuflarse, ¡pero con el tiempo su talento brilla!

Conseguirá que hagas cosas que nunca pensaste que podrías hacer. ¡Y eso ya es una gran lección!

INTERPRETANDO A

¡Hablar con los profesores puede ser como hablar a otras especies!

¡Miau!

¡Guau!

sssss

ROAR!

"Esto no contará para notas." = ¡Y tanto que cuenta!

"Esto os supondrá un poquito más de trabajo" = ¡Más os vale que invirtáis todo el fin de semana en ello!

"Podéis subir nota" = Tenéis una segunda oportunidad, ¡no lo estropeéis!

"Examen estándar" = Examen largo y aburrido en el que la primera pregunta es "Primero de todo, ¿tienes un buen lápiz para hacer el examen?"

"Trabajad en casa por vuestra cuenta" = Si tu trabajo no tiene pegotes de pegamento y esquinas levantadas, sabré que lo ha hecho un adulto.

LOS PROFESORES

¿Tiras bombas fétidas en clase?

"Estoy decepcionado por cómo hiciste eso" = Tienes que volverlo a hacer.

"¿Está claro? ¿Alguna pregunta?" = Pregunta ahora, o calla para siempre.

"Clase, hoy tengo una sorpresa especial" = Hoy vamos a ver una proyección sobre las esporas de las setas.

PSST!

¿Pasas notas a menudo?

"Quiero ver vuestros trabajos sobre estos problemas de matemáticas" = Nada de garabatos. ¡Más os vale que esos números parezcan números!

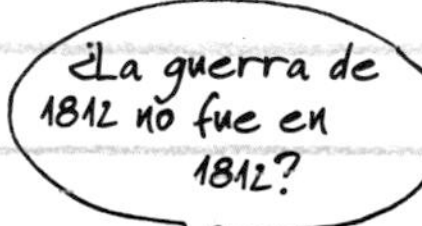

¿La guerra de 1812 no fue en 1812?

¿Avisas de los errores del profesor?

"Los profesores no tienen favoritos" = Por mucho que tenga un favorito, ¡en <u>ningún</u> caso os lo voy a decir!

Si contestaste que sí a alguna de estas preguntas, ¡hay muchas probabilidades de que tú NO seas la mascota del profesor! →

¿Qué tipo de

1. ¿De qué humor necesitas estar para hacer los deberes?

A. Tranquilo y sereno	B. Contento, escuchando música	C. Completa desesperación
Los libros aquí, el papel allí, bolígrafos por todas partes. ¡Todo listo!	Escribo mejor al ritmo de la música.	¡No! ¡Todo esto es para MAÑANA!

Forras tus libros con:

¿Papel de empapelar?

2. ¿Qué haces cuando el profesor pide que alguien salga primero para una presentación oral?

A. Levantas la mano para acabar con esto lo antes posible.
B. Miras a la persona que se sienta a tu lado como posible candidato.
C. De pronto, necesitas ir al lavabo.
Quizá podría...
Ve tú, ve tú, ve tú...
¡Definitivamente es hora de ir!
¿Bolsas de papel?

← ¿Papel matamoscas?

alumno eres?

3. ¿Qué haces cuando te olvidas los deberes?

A. Admites que te los has olvidado
¡Lo siento!
B. Das una excusa ingeniosa
¡Fui abducida por unos alienígenas y solo me devolvieron para poder llegar a tiempo a la escuela!
C. Le dices a tu madre que estás enfermo para ir al colegio
¡Tengo un dolor de cabeza terrible y veo puntitos!
Tu mochila es:

¿Ligera y fácil de llevar? (¡Tienes que estar soñando! ¿A qué escuela vas?)

4. ¿Qué haces cuando sabes la respuesta de una pregunta?

A. Levantas la mano y esperas a que digan tu nombre
Estusiasta y educada
B. Te inclinas hacia delante y mueves tu mano libremente
¡Oh, oh, oh! Me lo sé! ¡Me lo sé! ¡Dime a mí!
C. Contestas de cualquier manera, de lo emocionado que estás de saber la respuesta
¡Es Godzilla!
¿Más pesada que tú?
Es un trabajo duro, pero alguien tiene que hacerlo

Con ruedas y empujada por un levantador de pesas, cuesta tanto de mover

5. Para subir nota, siempre escoges trabajos que son...

A. De enciclopedia
Y aquí hay tablas de la A a la J seguidas de los gráficos R, S, T y U.
B. Artísticos
Esta es mi interpretación de la Batalla de Lepanto inspirada por Jackson Pollock.
C. Comestibles
¡Sí! ¡La torre inclinada de Pisa HECHA de pizza!

6. Si llegas tarde a clase, te saltas...

Una calculadora
Una máquina agujereadora
A. El desayuno
No tengo tiempo. ¡Comeré durante el recreo!
B. Peinarte
Si corro, me despeinaré de todos modos. Así además, llevo un estilo natural.
C. La primera clase
Llego justo a tiempo para la segunda clase.
¡Ueee! ¡Me encanta hacer confeti!

Tu material escolar no favorito es:

Fideos secos para los proyectos de arte

Fieltro: lo puedes usar de mil formas diferentes

Hielo seco: ¡genial para efectos escalofriantes!

7. ¿Cómo tratas a los sustitutos?

A. Los ayudas con la rutina de clase.	B. Los ayudas con la rutina de clase.	C. Los ayudas con la rutina de clase.
Normalmente leemos en silencio durante 15 minutos.	Actualmente estamos investigando acerca del recreo, así que tenemos que estar una hora extra fuera.	Tengo una clase particular ahora. ¡Hasta mañana! ¡Adiós!

Si has contestado la mayoría A:

Eres un estudiante perfecto. Los profesores te quieren. Probablemente seas la mascota de algún profesor.

Si has contestado la mayoría B:

Si tu profesor tiene sentido del humor, te irá bien. Si tu profesor es un gruñón, ¡cuidado! Y si tu madre asiste a tu clase, algún día ¡tendrás problemas!

Si has contestado la mayoría C:

Lo siento, tú no eres la mascota de ningún profesor. Intenta participar más.

APUNTES SOBRE CÓMO

NO tomes apuntes en trozos de papel que acabarás perdiendo.

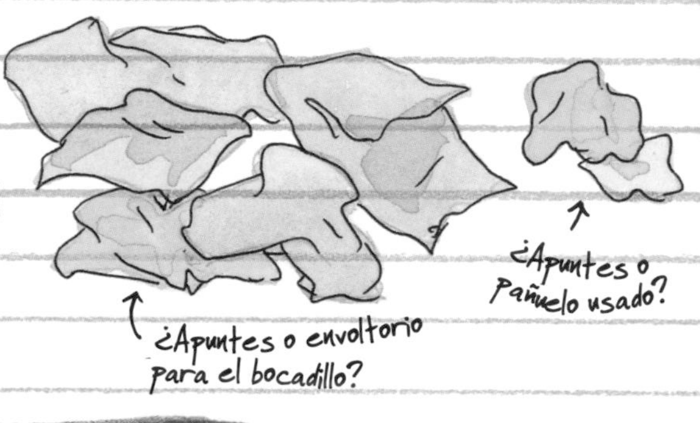

¿Apuntes o envoltorio para el bocadillo?
¿Apuntes o Pañuelo usado?

Pelotita apretada al máximo.

NO escribas tan sucio que luego no puedas entender lo que pone.

"¿Los peregrinos recibían ayuda de las felices latas nacionales que les enseñaban a señalar a los cuernos?"

No tires papel, déjalo caer DISCRETAMENTE al lado de un amigo.

NO copies de los apuntes de alguien. Acabarás cometiendo <u>sus</u> errores

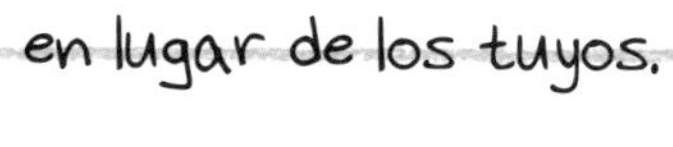

¡Ubs! no quería decir ESTE tipo de notas.

¡Oh, no! ¡Estaba segura de que la carta Magna era una carrera de coches muy larga! ¡Eso es lo que ponía en los apuntes de Cleo!

TOMAR - APUN- TES

GUARDA siempre tus apuntes en un lugar predecible, de manera que siempre sepas dónde encontrarlos.

Siempre guardo mis apuntes en la nevera. Así se mantienen frescos y en buen estado.

TOMA apuntes que sean útiles.

Veamos, ¿debería escribir sobre lo que lleva puesto el profesor?
¿Qué tal sobre el tiempo? Hoy hace tan buen día.
¿O chistes? Me gustan los chistes...

MOLÉSTATE en volver a leer tus apuntes antes del examen; si no, ¿para qué los tomaste?

Estos apuntes son tan buenos que merece la pena leerlos después de un año.

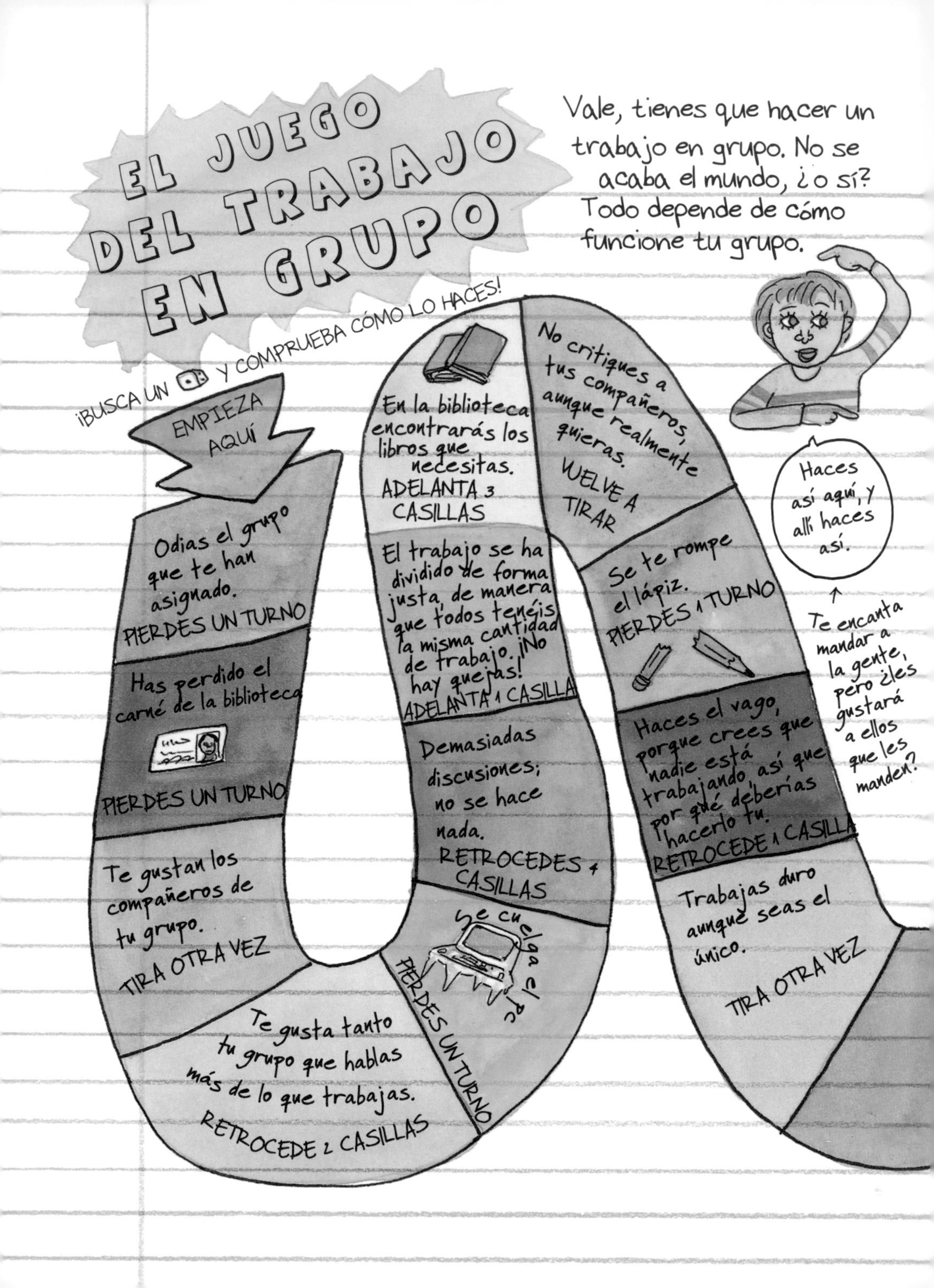
EL JUEGO DEL TRABAJO EN GRUPO
Vale, tienes que hacer un trabajo en grupo. No se acaba el mundo, ¿o sí? Todo depende de cómo funcione tu grupo.
¡BUSCA UN Y COMPRUEBA CÓMO LO HACES!
EMPIEZA AQUÍ
Odias el grupo que te han asignado. PIERDES UN TURNO
Has perdido el carné de la biblioteca PIERDES UN TURNO
Te gustan los compañeros de tu grupo. TIRA OTRA VEZ
Te gusta tanto tu grupo que hablas más de lo que trabajas. RETROCEDE 2 CASILLAS
Se cuelga el pc PIERDES UN TURNO
Demasiadas discusiones; no se hace nada. RETROCEDES 4 CASILLAS
El trabajo se ha dividido de forma justa, de manera que todos tenéis la misma cantidad de trabajo. ¡No hay quejas! ADELANTA 1 CASILLA
En la biblioteca encontrarás los libros que necesitas. ADELANTA 3 CASILLAS
No critiques a tus compañeros, aunque realmente quieras. VUELVE A TIRAR
Se te rompe el lápiz. PIERDES 1 TURNO
Haces el vago, porque crees que nadie está trabajando, así que por qué deberías hacerlo tú. RETROCEDE 1 CASILLA
Trabajas duro aunque seas el único. TIRA OTRA VEZ
Haces así aquí, y allí haces así.
Te encanta mandar a la gente, pero ¿les gustará a ellos que les manden?

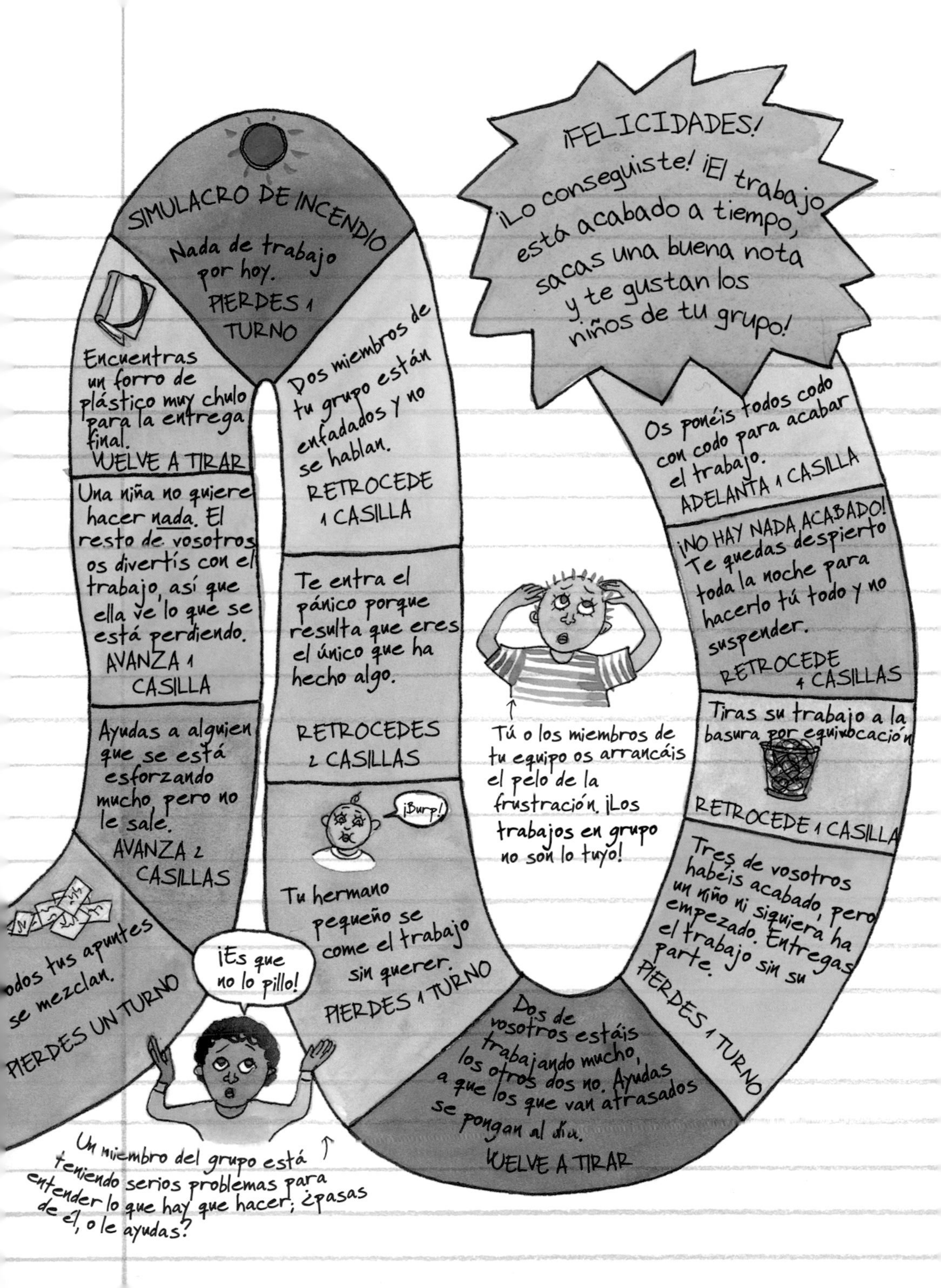
SIMULACRO DE INCENDIO
Nada de trabajo por hoy.
PIERDES 1 TURNO
Encuentras un forro de plástico muy chulo para la entrega final.
VUELVE A TIRAR
Dos miembros de tu grupo están enfadados y no se hablan.
RETROCEDE 1 CASILLA
Una niña no quiere hacer nada. El resto de vosotros os divertís con el trabajo, así que ella ve lo que se está perdiendo.
AVANZA 1 CASILLA
Te entra el pánico porque resulta que eres el único que ha hecho algo.
RETROCEDES 2 CASILLAS
Ayudas a alguien que se está esforzando mucho, pero no le sale.
AVANZA 2 CASILLAS
¡Burp!
Tu hermano pequeño se come el trabajo sin querer.
PIERDES 1 TURNO
odos tus apuntes se mezclan.
PIERDES UN TURNO
¡Es que no lo pillo!
Un miembro del grupo está teniendo serios problemas para entender lo que hay que hacer; ¿pasas de él, o le ayudas?
Dos de vosotros estáis trabajando mucho, los otros dos no. Ayudas a que los que van atrasados se pongan al día.
VUELVE A TIRAR
Tú o los miembros de tu equipo os arrancáis el pelo de la frustración. ¡Los trabajos en grupo no son lo tuyo!
Tres de vosotros habéis acabado, pero un niño ni siquiera ha empezado. Entregas el trabajo sin su parte.
PIERDES 1 TURNO
Tiras su trabajo a la basura por equivocación
RETROCEDE 1 CASILLA
¡NO HAY NADA ACABADO! Te quedas despierto toda la noche para hacerlo tú todo y no suspender.
RETROCEDE 4 CASILLAS
Os ponéis todos codo con codo para acabar el trabajo.
ADELANTA 1 CASILLA
¡FELICIDADES!
¡Lo conseguiste! ¡El trabajo está acabado a tiempo, sacas una buena nota y te gustan los niños de tu grupo!

Números

Puede ser complicado tratar con los números; son astutos y escurridizos. Pero aquí vienen algunos consejos para ayudarte a domesticar a estas bestias caprichosas. No puedes tratar a todos los números igual (o si lo haces, te la juegas). Es esencial entender la naturaleza de cada número, para que los puedas dominar.

¡Ggrrr!

Los cincos pueden parecer joviales, ¡hasta que ponen sus dientes al descubierto! ¡Que no te engañen! Acostumbran a gruñir y morder, sobre todo si están solos. Es más fácil acercarse a ellos cuando están en grupo.

¡Te quiero!

Los doses se parecen mucho a los cincos bocabajo y del revés, pero su temperamento es completamente diferente. Conocidos por su naturaleza dulce y adorable, los doses son mascotas maravillosas.

Los cuatros son los números más justos. Son jueces fenomenales y pueden intervenir si hay una lucha entre otros números.

Bien, esto puede ser así

... o veo que también puede ser así.

Piensa en todas las cosas que son siete: los siete mares...
siete días de la semana, las siete maravillas del mundo...

A los sietes les encanta divertirse. Piensan que son afortunados. ¡Y tienen razón! ¡Cuantos más sietes tengas, mejor!

¿listos?

Los ochos son los chistosos de la familia de los números. ¡Siempre resulta genial tener a un ocho cerca!

¿Qué le dice el 1 al 7?

"¡Cómo mola tu visera!"

¿Y el 0 al 8?

"¡Me gusta tu cinturón!"

¿No estarás extasiado de tenerme cerca?

Los unos son unos completos esnobs. Creen que son los primeros para todo. Los halagos funcionan muy bien con ellos. De lo contrario, ¡cuidado! Se ofenden muy fácilmente.

¡Aaaaaaahhhhhhh! ¿Toca ir al cole hoy?

Los nueves son un poco lentos, como si siempre estuvieran medio dormidos. Aunque insistiendo un poco puedes conseguir que trabajen para ti.

Porfaaa, ¡no me hagas daño! ¡Porfaa!

Los seises siempre se están preocupando y tienen miedo de todo. No hagas movimientos bruscos, o se desmayarán del susto. Si eres cuidadoso, puedes mantener a un seis tranquilo y bajo control. Si no lo eres, ¡puede ser desastroso!

¡Vamos a hacer puénting! ¡Yuuuuuhuuuuuu!

Los treses son impredecibles. A veces se portan bien. Otras veces se vuelven absolutamente salvajes. Nunca podrás controlarlos, pero tampoco te aburrirás con ellos.

¿Cómo reaccionas

Haz este test (¡es fácil!) para hallar la respuesta.

1. Antes de un examen, tú...

A. Llenas tus bolsillos de amuletos de la buena suerte.

¡Parece que lo llevo todo!

B. Has dormido mal de lo preocupado que estabas.

Tuve una pesadilla y cuando desperté, ¡se hizo realidad!

C. Estudias.

Mmmm... la lluvia en España suele caer en la montaña.

¿Pones en fila los lápices que acabas de afilar?

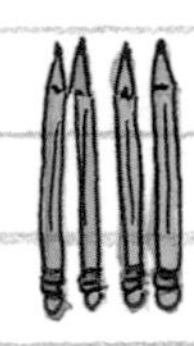

2. Cuando empiezas un examen, tú...

A. Escupes hacia atrás y sacas tu lápiz de la suerte.

B. Te preocupa escribir la fecha correctamente.

C. Le das al "ON" de tu cerebro y te pones en marcha.

No es personal, es que me da suerte.
¡Que no cunda el pánico! ¡Lo sé! ¡Hoy es 12!
¡Ah! El sonido de una máquina puesta a punto.

O prefieres herramientas de alta tecnología

Combina lápiz mecánico, cronómetro, borrador de tinta y cepillo de dientes.

ante un examen?

¿Escribes tu nombre pulcramente?

Mi nombre

3. Durante un examen, tú...

A. Usas una moneda para las preguntas verdadero/falso.

¡Espero que hoy sea mi día de suerte!

B. Lees cada pregunta tres veces antes de contestar.

"¿En qué año se estableció la última constitución?"

C. Contestas primero las preguntas más fáciles y dejas las difíciles para el final.

Vale ¡Hora de poner mi cerebro en modo súper difícil!

¿O garabateas tu nombre?

Mi nombre

¡El examen lo tendrá el profesor para entender lo que pone!

4. Tu examen favorito es del tipo...

A. Verdadero/falso.

¡Bien! ¡Así practico mi lanzamiento de moneda!

B. Multirrespuesta.

¡A ver si acierto!
Si solo fuera suficiente con rellenar una casilla.

C. Pregunta abierta.

¡Hurra! Puedo expresarme con mis propias palabras

¿Tienes este aspecto después de un examen?

¿Qué me ha golpeado?

¿Este?

¡Estoy hecha polvo!
¡Fiu! ¡Ya está hecho!

¿O este?

5. Cuando acabas un examen, tú...

A. Recitas un hechizo para asegurarte el éxito.
Uga, uga, buuu, buuu uga, uga, buuu, buuu...
B. Te encuentras mal porque has mordido tu lápiz hasta la punta.
¡Puaj!
C. Repasas tus respuestas para asegurarte de que no te has dejado nada.
¡Tiene buena pinta!

6. Cuando te devuelven el examen, tú...

A. Sacas tus pitillos de chocolate de lo feliz que te sientes.
¡Coge uno para celebrarlo! ¡Es dulce y saludable!
B. Esperas hasta que ya no puedes aguantar más, y entonces miras tu nota.
¿Me atrevo?
C. Por fuera te muestras tranquilo, pero por dentro estás saltando de alegría.
Ajá, bien...
¡Yujuuuu!

← Lo que los profesores ponen en los exámenes →

Estrella dorada por un trabajo bueno y bien hecho

Cara sonriente por un trabajo bien hecho

Si has contestado la mayoría A:
Te fías demasiado de la suerte, ¡empieza a usar tu cerebro! ¡Estás en la escuela, no en la lotería!

Si has contestado la mayoría B:
Tú no confías en nada; no me extraña por qué te preocupas tanto. ¡Empieza a estudiar y te sentirás mucho mejor!

Si has contestado la mayoría C:
Eres un experto en hacer exámenes. ¡Felicidades! (Y ¿podrías ayudarme a estudiar para mi próximo examen, por favor?)

← Lo que me gustaría ver en los exámenes →

ALIENÍGENA
Buen trabajo para un terrícola
EXTRA
NOTA

GOOD WORK
SEAL OF APPROVAL

Sello de aprobación

VALE
POR 1 PORCIÓN DE PIZZA

NO te hagas un lío de nombres y fechas. ¡La historia puede ser tu amiga! Añade estos ingredientes superprácticos a todas tus redacciones de historia y ganarás puntos extra. ¡Y si no, te devolvemos el dinero! *

Para sazonar, incluye al menos un nombre famoso y lo que sea que esa persona opinó sobre el tema del que estás escribiendo.

Por ejemplo

Cristóbal Colón se dio cuenta de que no tenía sentido construir la Gran Muralla China. "¿Para qué cruzar la tierra cuando puedes ir en barco?"

O

"George Washington se alegró de no estar en Londres durante la Gran Plaga. "Oh, puaj, ¡qué asco! ¡Odio las enfermedades asquerosas como esta! Los dientes de madera no van nada bien."

* Quiero decir, que te garantizo que querrás tu dinero, pero ¡se siente! Es tarde. ¿No es esta una lección que merece la pena?

Para añadir sustancia a tu redacción, no te olvides de incluir detalles de la vida diaria. Los reyes y las reinas son importantes, pero también lo son los campesinos y los sirvientes

Yo no dije: "Dejad que coman pastel." ¡Dije que esta peluca me está matando!

María Antonieta

Y con todo el té que se tiró en el Puerto de Boston, ¿qué íbamos a beber?

Chica sirvienta

¡Fue entonces cuando me inventé la limonada!

El ingrediente secreto para tu redacción podría ser un dibujo, un mapa, una tabla. ¡Haz algo divertido!

Sello del siglo XIX (¡Oye! ¿Ya existían las bicis entonces?)

Un Pasaje (No se admiten icebergs.)

Réplica real de un billete para el Titanic

CÓMO TRIUNFAR EN LAS

¿Te gusta la aventura? ¿Tienes sed de retos? ¿Tienes hambre de espacios abiertos? ¡Quizá deberías comer algo! ¡O quizá te estás enfrentando a una

FEROZ EXPOSICIÓN ORAL!

PRESENTACIÓN ORALUS, el más temido de los monstruos escolares, puede provocar palmas sudorosas y estómagos revueltos, incluso desde la distancia.

EXPOSICIONES ORALES

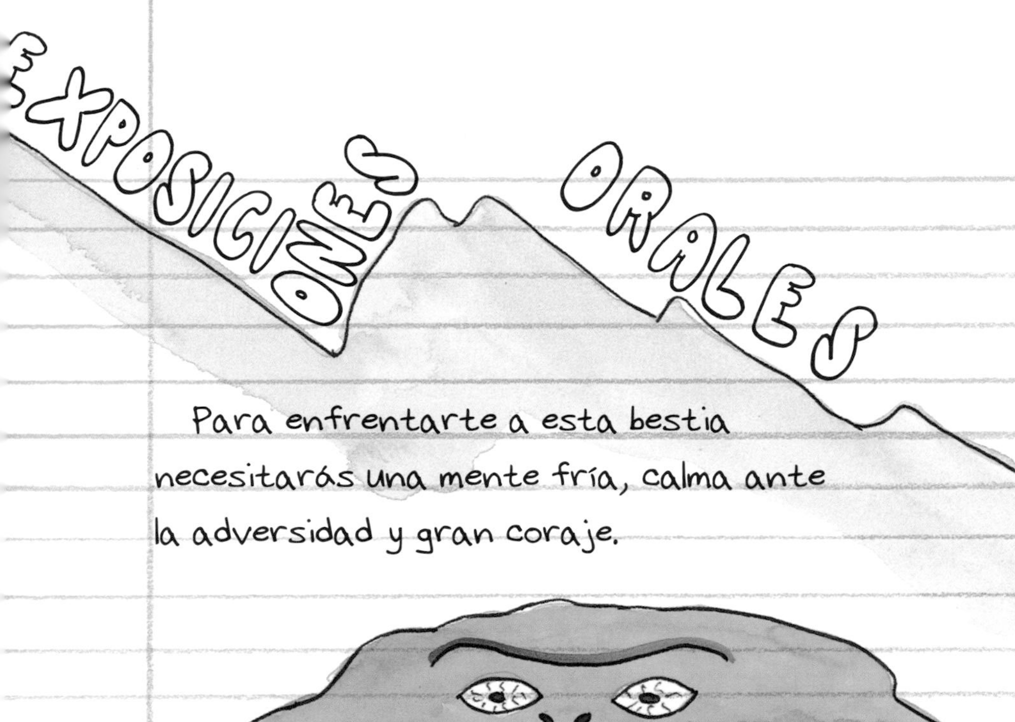

Para enfrentarte a esta bestia necesitarás una mente fría, calma ante la adversidad y gran coraje.

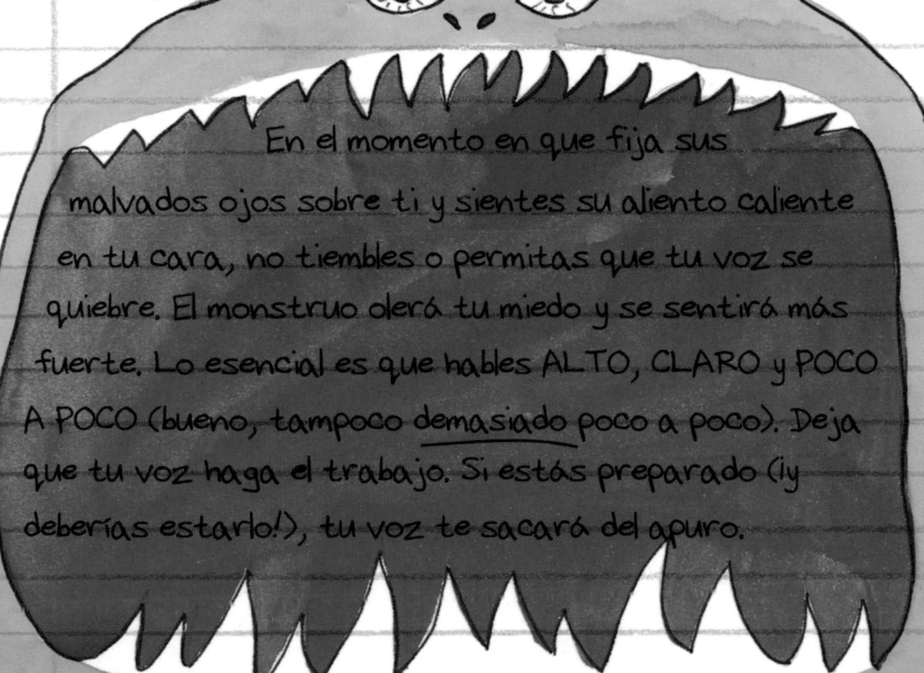

En el momento en que fija sus malvados ojos sobre ti y sientes su aliento caliente en tu cara, no tiembles o permitas que tu voz se quiebre. El monstruo olerá tu miedo y se sentirá más fuerte. Lo esencial es que hables ALTO, CLARO y POCO A POCO (bueno, tampoco <u>demasiado</u> poco a poco). Deja que tu voz haga el trabajo. Si estás preparado (¡y deberías estarlo!), tu voz te sacará del apuro.

PASO UNO: ¡Usa una brújula! ¡Lee un mapa! Es imperativo (quiere decir MUY importante) que sepas adónde quieres llegar (es decir, con tus palabras). No des rodeos, no digas "em, em, em", no te salgas del camino. Un paso en falso

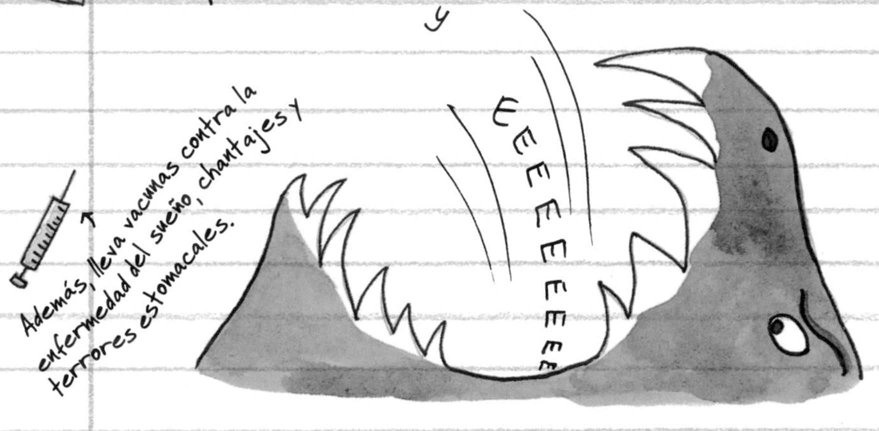

y
EEEEEEEEEE
Además, lleva vacunas contra la enfermedad del sueño, chantajes y terrores estomacales.

¡CAERÁS EN LA BOCA ABIERTA DE LA BESTIA!

A menos que estés muy seguro de ti mismo y tengas experiencia, escribe primero tu exposición y practícala. Unas simples anotaciones no son suficientes. Lee tu redacción como si estuvieras hablándole a un amigo. Si no, será ABURRIIIDO. ¡Y las bestias aburridas pueden ser MALIGNAS!

PASO DOS: ¡Domina tu tema! Debes saber de lo que hablas y así podrás relajarte y divertirte. Quizá el monstruo siga amenazante, sus dientes sean afilados, pero enfrentarte a tus miedos puede ser

¡EXCITANTE!

¡Sobre todo cuando sientes que estás al nivel de la tarea, entrenado y preparado para la acción!

¡Ooooh! ¡Está chupado!
¡Uau! ¡Las presentaciones orales son más divertidas que hacer puénting!
¿No te asusto?

ÉCHALE SAL A TU RESEÑA LITERARIA

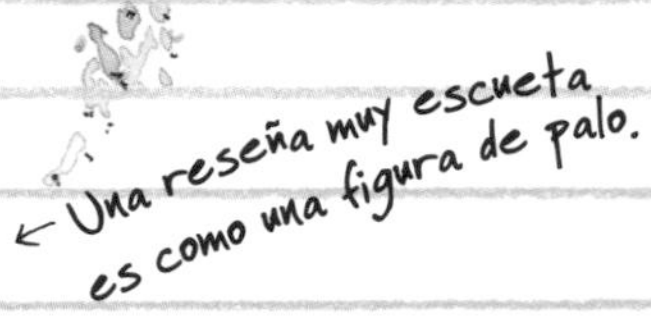
Una reseña muy escueta
es como una figura de palo.

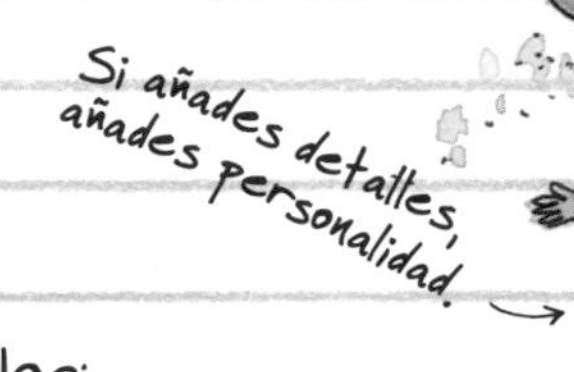
Si añades detalles,
añades personalidad.

Receta para el éxito dulce:

1. ¡Incluye detalles! No digas simplemente que te gusta un personaje, di que te gustan sus ojos brillantes o su habilidad a la pata coja, y di <u>por qué</u>.
2. Explica cómo te hizo sentir el libro (aburrido, triste, feliz, nervioso, hambriento, quizá sea un libro de cocina) y qué partes te hicieron sentir más de esa manera.
3. ¿Hay algo en el libro que te gustaría cambiar? ¿El final? ¿Un personaje? ¿La información útil de la contraportada?
4. Imagínate que explicas el libro a otros niños. ¿Quién crees que debería leerlo? ¿Por qué?

Limón ácido
Uvas ácidas

Agridulce

¡Lo tienes que leer porque LO DIGO YO!

Este enfoque no sirve.

Entonces él oyó que llamaban a la puerta. Entonces abrió la puerta. Entonces lo vio. Entonces él gritó.

Receta para reseñas extrapicantes:

... Entonces me quedé dormida.

1. No digas "entonces" y "entonces" y "entonces", a menos que quieras que tu lector se duerma. Intenta escribir tu reseña como si fuera una discusión entre dos personas o como si fueran las noticias o algo que pasó de verdad.

Estamos en Alcalá de Henares, donde un hombre ha demostrado al mundo que puede escribir una obra maestra, incluso después de perder una mano en la guerra

Se trata de Miguel de Cervantes

2. Intenta hacer una reseña en forma de cómic como algo verdaderamente diferente.

¡Sí, señor! ¡Pintando me lo paso genial!

Oh, Tom, ¿lo puedo intentar yo?
Bueno, no sé.
Quizá ...

Por favor, ¡déjame intentarlo! ¡Solo un poquito! ¡Por favor, por favor, por favor, POR FAVOR!
Bueno, ¡vale!

Añade tantos efectos de sonido como puedas

COMPRENSIÓN

CÓMO LEER UN MAPA

Cómo hacer un modelo del mundo:

Modelo plano. Utiliza una piruleta gigante (¡no lo chupes hasta que lo hayan calificado!)

↑ Arriba quiere decir norte

↓ Abajo quiere decir sur

← Izquierda quiere decir oeste

→ Derecha quiere decir este

Utiliza una brújula si aún tienes problemas.

Doblar el mapa requiere de una habilidad completamente diferente.

Estira el mapa.

De acuerdo, está bien. Ahora puedes leer cualquier mapa fácil y claramente. Memorizar países, estados y sus capitales ya es otra historia.

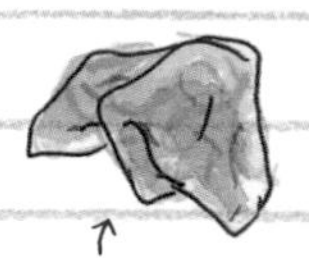

Dóblalo siguiendo las líneas.

Déjalo estar y haz una bola de papel.

MAPA DE ESTADOS UNIDOS

COSTA OESTE

LO DEL MEDIO

COSTA ESTE

EL SUDESTE

EL SUR

Brrr ¡frío!

Ufff ¡calor!

El modelo esférico - los rotuladores funcionan muy bien sobre los globos, pero mantente alejado de los puercoespines

¿Me puedo quedar ese globo tan bonito?

¡NO!

GLOBAL

Factoides mundiales

¿Qué tal?

Los pingüinos viven en la Antártida, no en el Ártico.

Un panecillo es un desayuno continental.

GEOGRAFÍA BASICA

Un continente es una gran masa de tierra (pero un desayuno continental es un desayuno muy pequeño).

Un campo puede ser grande o pequeño.
<u>El</u> campo es donde están los granjeros.

Más factoides mundiales

3/4 partes de la Tierra son agua, ¡muchos más océanos que tierra!

¡Ojalá estuvieras aquí!

¡Muuu!
Yo soy del campo, pero vivo en un campo de Suiza.

¡Buenas noticias si eres un pez!

Los osos polares viven en el Ártico, no en la Antártida.

Hasta aquí lo más básico. Si quieres saber dónde está Surinam o cuál es el país más grande, mejor consigue un atlas, no una guía de supervivencia.

Pero hay más insectos que cualquier otro tipo de criatura.

¡Toma esa, pececito!

Los camellos -de dos jorobas- viven en Asia.

¡Yo soy mejor!

¡No yo soy mejor!

Los dromedarios -de una joroba- viven en África.

Crujido Creativo

No le pegues un mordisco. ¡No es ese tipo de crujido!

No, no estoy hablando de un pastelito, sino de esa sensación molesta que sientes en tu cabeza cuando el profesor EXIJE que seas creativo. Los profesores creen que mandar algo como "Escribe un poema o una historia" es fácil. ¡Ja! Como si pudieras darle a un botón y que aparecieran montones de ideas brillantes.

La comilona
Pensaré en algo DESPUÉS de este tentempié.
El alma sensible
No puedes mandar sobre la inspiración. Solo puedes esperar a que aparezca.
Debo esperar a la musa.
La organizada
Primero haré los deberes de mates. Al menos eso tiene un principio y un final claros.

CONGELACIÓN CEREBRAL
CÓMO DESHACER
BRRR
RRRR
¡PRUEBA CON ESTOS TRATAMIENTOS DE SHOCK!
ZAP!
¡Ooh! ¡El lápiz mágico!
Tú empieza escribiendo. ¡LO QUE SEA! Apaga tu cerebro y libera tu bolígrafo, como una tabla de güija. Puede que lo que escribas te parezca bastante tonto, ¡pero algunas partes podrían ser de lo mejor que hayas escrito en tu vida!
Sáltate la primera página; ve directo a la mitad o al final. ¡Escribe tu texto al revés!
¡Eso es lo que quería decir!
¡Las ceras y rotuladores pueden …cer maravillas!
Empieza con un dibujo. ¡A veces un dibujo puede darte ideas!

Ciencia

Los volcanes o las plantas están prohibidos

¿Crees que estos proyectos no son artísticos? ¿Qué te parece si hace solo parte de ellos?

¡Fíjate en el músculo aquí!

No es un robot entero, es un brazo robótico.

O, aún más simple, un circuito. ¡Conecta los cables e ilumina la bombilla!

¿Por qué conformarse con lo ordinario cuando puedes conseguir lo EXTRAordinario? ¡He aquí algunos buenos proyectos de ciencia que me gustaría ver!

HAZ un ROBOT

¡Y después entrénalo para que haga tus deberes y limpie tu habitación!

TIRAR LA ROPA DEBAJO DE LA CAMA NO ES UNA LIMPIEZA CORRECTA. TE ENSEÑARÉ CÓMO DEBE HACERSE.

ENTRENA A TU HAMSTER

Mediante cuidadosos métodos científicos, enseña trucos increíbles a tu mascota y haz que aprenda a demostrar un profundo entendimiento del discurso humano.

SALIDA
A ver, ¿me estás diciendo que quieres que corra dentro del laberinto para encontrar un cacahuete? ¿Todo ese trabajo por un cacahuete? ¿Estás loco?

Apasionante

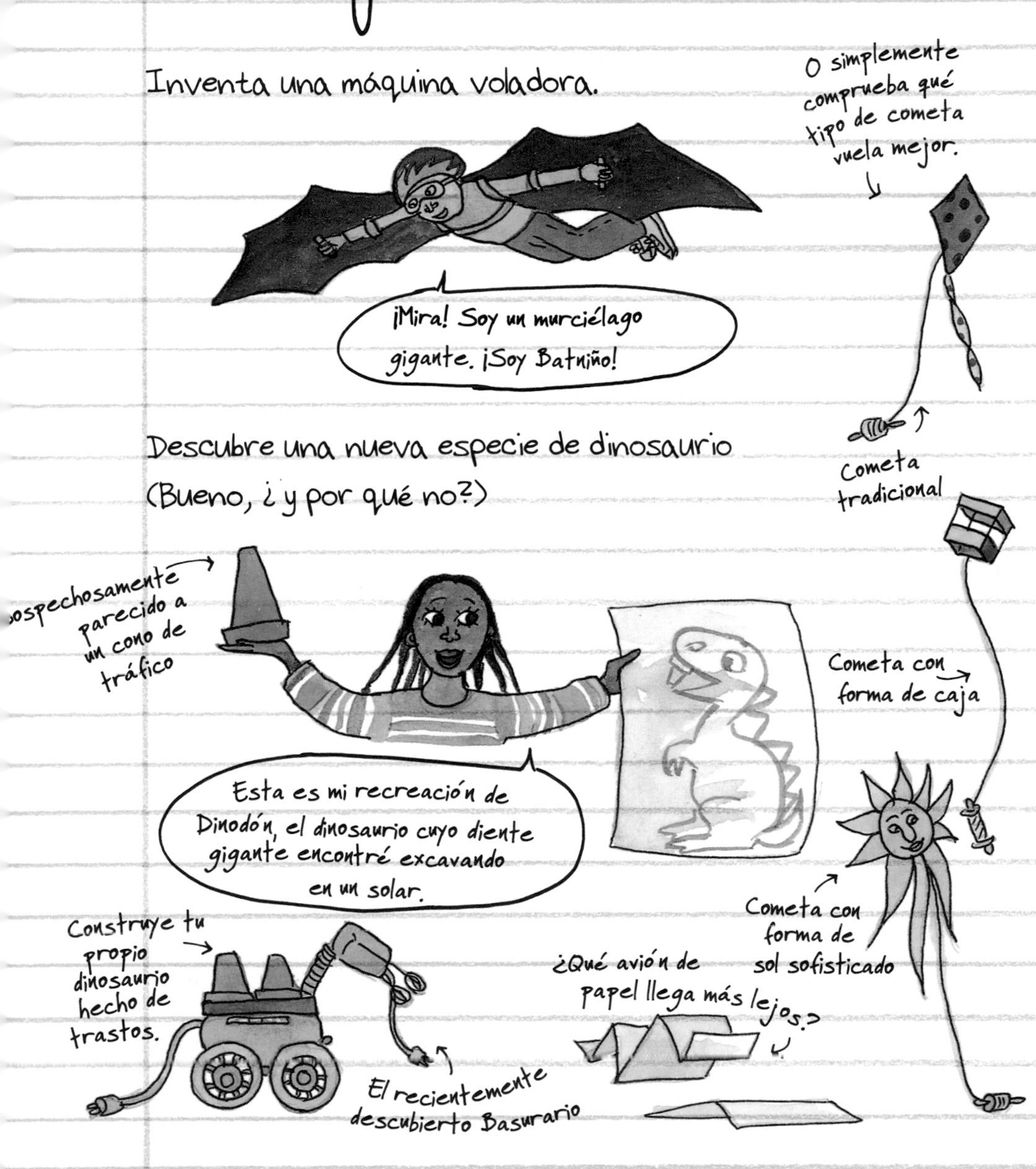

Inventa una máquina voladora.
¡Mira! Soy un murciélago gigante. ¡Soy Batniño!
O simplemente comprueba qué tipo de cometa vuela mejor.
Cometa tradicional
Descubre una nueva especie de dinosaurio
(Bueno, ¿y por qué no?)
ospechosamente parecido a un cono de tráfico
Cometa con forma de caja
Esta es mi recreación de Dinodón, el dinosaurio cuyo diente gigante encontré excavando en un solar.
Cometa con forma de sol sofisticado
Construye tu propio dinosaurio hecho de trastos.
El recientemente descubierto Basurario
¿Qué avión de papel llega más lejos?

LLEVAR TU COMIDA

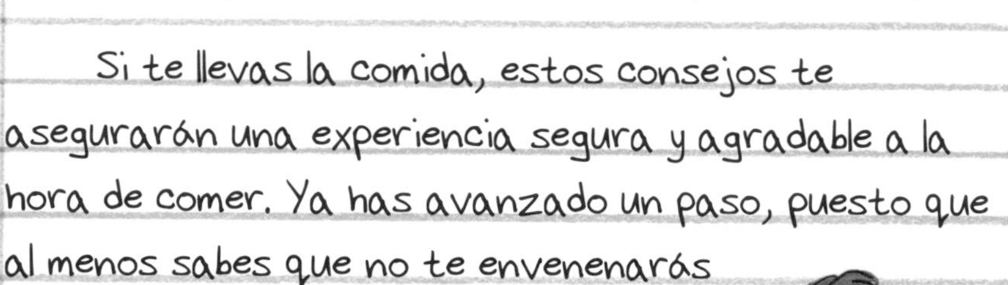

Si te llevas la comida, estos consejos te asegurarán una experiencia segura y agradable a la hora de comer. Ya has avanzado un paso, puesto que al menos sabes que no te envenenarás con la comida del comedor.

Mira el banco ANTES de sentarte.

No te sientes al lado de nadie que se meta las pajitas en la nariz.

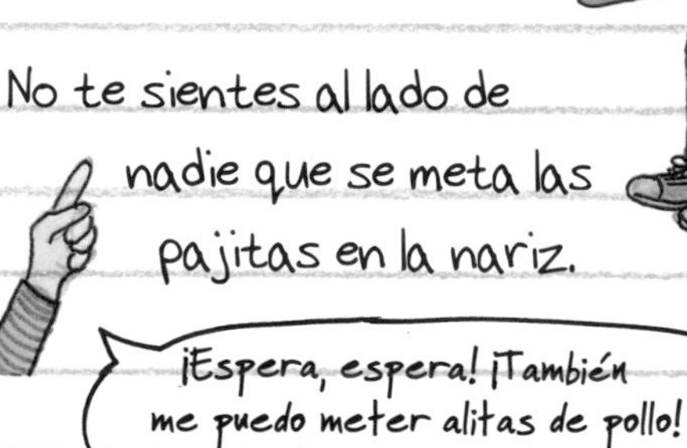

¡Espera, espera! ¡También me puedo meter alitas de pollo! ¿Lo quieres ver?

No intercambies comida a menos que sepas lo que conseguirás a cambio.

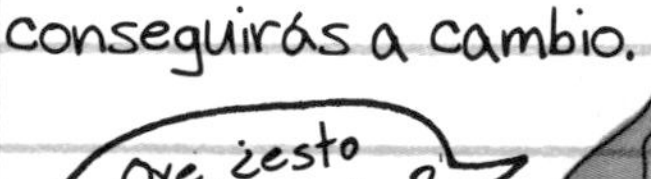

Oye, ¿esto son tentáculos?
Creía que habías dicho atún, no medusa, ¡o pulpo!

O NO LLEVAR  TU COMIDA

¿Comestible o incomible?

Si estás hecho un temerario y quieres arriesgar tu estómago con la comida del comedor, deberías prestar atención a las siguientes reglas:

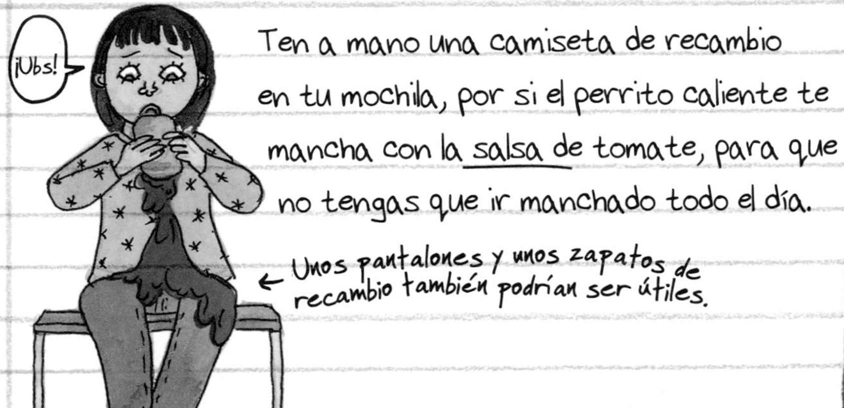

Ten a mano una camiseta de recambio en tu mochila, por si el perrito caliente te mancha con la salsa de tomate, para que no tengas que ir manchado todo el día.

Unos pantalones y unos zapatos de recambio también podrían ser útiles.

Por mucha hambre que tengas, no comas nada que no puedas identificar.

El moho NO es una buena señal.
Evita los grumos sospechosos y si se mueve, ¡no lo pinches con tu tenedor!

¡SIGUE LA BOLA
Cuando tus pantalones de deporte están tan duros como un cartón y han pasado de apestosos a probablemente pútridos, ¡es hora de LAVARLOS!
Usa pinzas para residuos radiactivos
¡Yo la cojo! ¡Yo la cojo!
Uy. Casi la cojo.
Si dices que tú coges la bola, ¡CÓGELA!
Si tienes educación física justo después de comer, NO comas el GRAN BURRITO
¡Te arrepentirás!
¡NUNCA lleves unos pantalones que te queden grandes
¡Nbs!
Menos mal que la camiseta también es demasiado grande
¡Los pantalones NO van ahí!

EN EL GIMNASIO
NO te acerques demasiado a alguien que está haciendo estiramientos.
WHAP!
Asegúrate de que escribes la combinación de tu taquilla en un lugar seguro.
¡Cachis! ¡Se ha borrado el número que apunté en la planta del pie! Pero si nunca me lavo ahí, ¿qué pasó?
No mastiques chicle mientras corres.
¡Puff, puff! ¡GLURP! ¡Oh, oh!
Bulto de chicle
NUNCA digas que la razón por la que pasaste del voleibol es que no quieres romperte una uña.
¿Qué? ¿Y arruinar mis uñas perfectas?
¡Eeeeh! ¡Me caigo!

CÓMO EVITAR LA Odiada FOTO

¿Salgo alta?

Si os hacen la foto después de comer, asegúrate de que no hay NADA entre tus dientes.

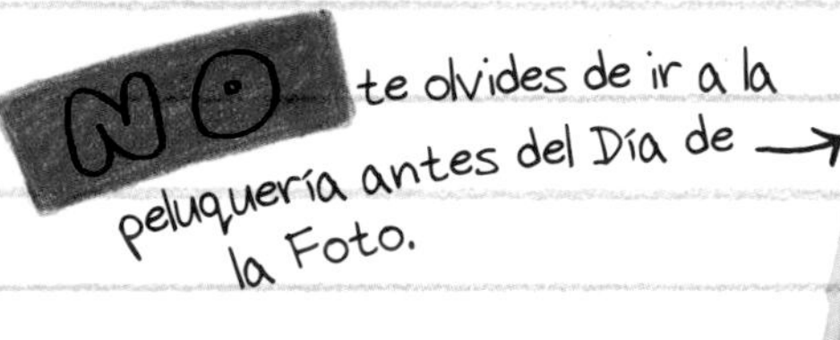

NO te olvides de ir a la peluquería antes del Día de la Foto.

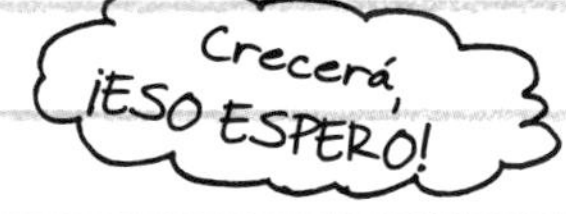

Crecerá, ¡ESO ESPERO!

¿Esta soy YO?

NO dejes que tu amiga te haga un peinado. Podrías acabar pareciéndote a un alienígena.

¡PATATA!
¡PATATA!
ESCOLAR
NO lleves ropa que pique, por muy chula que sea.
Si lograse rascarme justo antes de que me hagan la foto
Cuando el fotógrafo te diga "Di patata", NO piensen en patatas podridas y apestosas, ¡o saldrás en la foto como si estuvieras oliendo algo asqueroso!
¿Cómo pueden llegar las patatas a oler así de mal?
NO fuerces la sonrisa tanto que nadie te reconozca.
¡Ahora salgo mejor que yo!

¡Se detiene cuando se iluminan las luces rojas!

Evita sentarte al lado de un compañero que se marea fácilmente.

Lo siento, pero no puedo ser la compañera de Cleo. Soy alérgica a su champú. ¡En serio!

No llenes demasiado tu mochila de cosas que al final no usarás.

¡Uff, puff! ¡Pensé que necesitaría un secador de pelo, una linterna y un kit para mordeduras de serpiente en un museo!

En cualquier caso, una baraja de cartas siempre es útil.

¡Anda! ¡Ya casi hemos llegado!

Lugares a los que me encantaría ir, pero NUNCA vamos:

Fábrica de chucherías

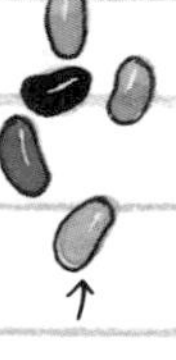

Siempre me he preguntado si los ositos de goma llevan ositos o goma.

Hospital de osos de peluche

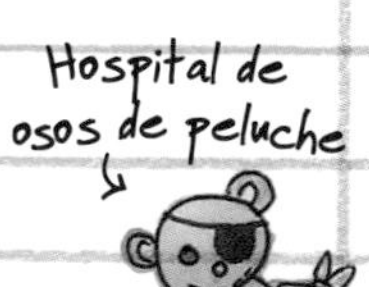

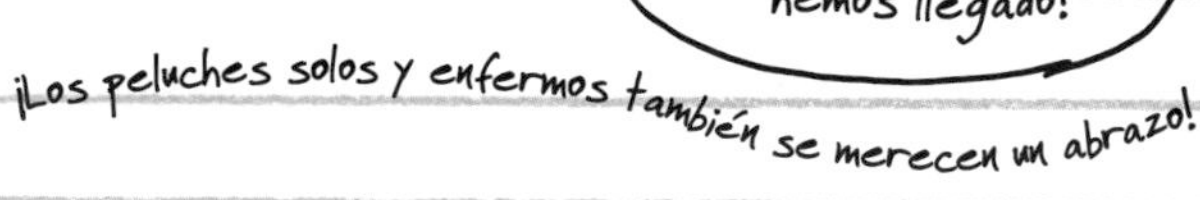

¡Los peluches solos y enfermos también se merecen un abrazo!

PARA EXCURSIONES

No haga preguntas embarazosas.

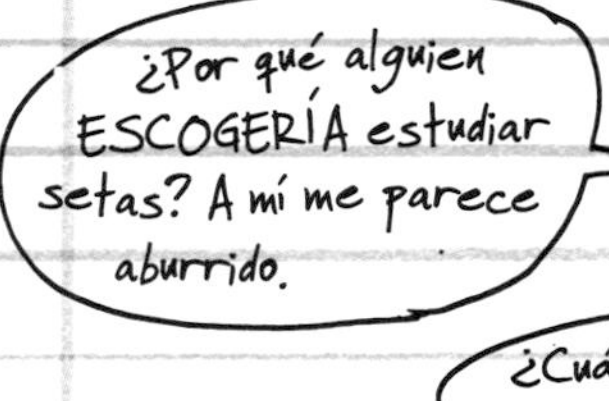

¿Por qué alguien ESCOGERÍA estudiar setas? A mí me parece aburrido.

¿Cuánto te pagan?

Fábrica de galletas de la fortuna

¿Cómo METEN los papelitos dentro, y QUIÉN los escribe?

No toques NADA, a menos que te digan que puedes.

Laboratorio de científicos locos
¿Por qué no invitan a los niños a sitios como ese?

No te ofrezcas voluntario a menos que sepas dónde te metes.

¡Mira lo que pasa cuando 250 voltios de electricidad estática pasan a través del cuerpo de Leo!

¿CÓMO LLEVAS

1. Las mejores condiciones para hacer los deberes son:

A. En un escritorio limpio y ordenado.
B. Mientras comes algo y miras la tele.
C. De safari por África.
Ahora me puedo concentrar.
Necesito hacer como mínimo 2 cosas más mientras hago mis deberes.
¡Oh, el aire libre!

Te gusta que tus deberes sean:

Llevables

Maletín fácil de llevar (ningún libro grande y pesado)

2. Te gusta hacer los deberes...

A. Tan pronto como llegas a casa de la escuela.
B. Después de relajarte un rato.
C. Justo antes de entregarlos.
Ya llegué a casa, así que me pongo manos a la obra.
Empezaré la redacción cuando acabe este programa.
Ojalá el trayecto del autobús fuera un poco más largo...

Comestible

Iglesia Española hecha de pastelitos. ¡Ñam!

¿LOS DEBERES?

3. En tus trabajos, procuras...

A. Hacerlo lo mejor posible.
B. Hacer solo lo necesario.
C. Hacer las partes divertidas.
Solo me queda reescribir esto.
Vale ¡listo!
¿Qué tal esto para un poema?: Fliparas, salta más...
La próxima vez usaré la bola mágica para contestar las preguntas de historia.
Te gustan los trabajos que:
Requieren fango

4. Las veces que no acabaste los deberes fue porque...

Mapa de algún sitio (no estoy segura de dónde)

A. Estabas enfermo.
B. Se te olvidó.
C. Tú nunca acabas tus deberes.
Tengo que hacer los ejercicios de mates, pero es que no puedo...
¿De dónde ha salido este enunciado?
¿Para qué? ¡Mañana aún tendré más deberes!

Tiene más de una utilidad

Es un volcán para un trabajo de ciencias, pero también es un modelo del Vesubio para historia, ¡y una escultura muy original para arte!

¿Cuál de los siguientes objetos cuenta como deberes?

Limpiar los lavabos

Doblar la ropa limpia →

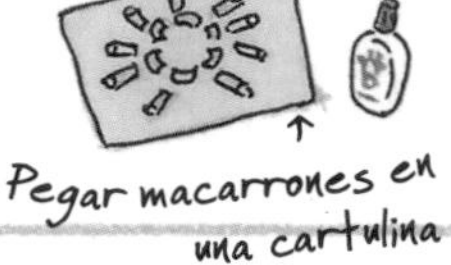

Pegar macarrones en una cartulina

5. Tus deberes favoritos son...

A. Redacciones largas a las que puedes poner un forro muy sofisticado.

¡Ahora sí que parece profesional!

B. Proyectos.

¡Tachán! ¡La meseta hecha de gelatina!

C. Investigación individual en territorios inexplorados.

Por fin puedo descubrir cuántas chupadas hacen falta para acabar una piruleta gigante

Si has contestado la mayoría A:

Los deberes no son un problema para ti. Eres un experto y puedes manejar 3 proyectos a la vez.

Si has contestado la mayoría B:

Eres creativo haciendo tus deberes. ¡Especialmente pensando formas de NO hacerlos!

Si has contestado la mayoría C:

Los deberes y tú no sois siempre compatibles, pero tienes un gran espíritu aventurero.

TRABAJOS FAMOSOS

EN LOS ANALES DE LA HISTORIA DE LOS DEBERES

El diorama de Lindsay de su jardín para el trabajo de vida salvaje.

La muestra de pelusas de Clive para la Feria de Ciencias.

El modelo del Empire State Building de Stella, hecho de flotadores salvavidas (desinflados, claro).

El diseño arquitectónico de Ben, hecho de piel de plátano y palillos.

En la parte de atrás de las agendas siempre hay cosas que se supone que han de ser útiles para la escuela. Bueno, finalmente una verdadera página de:

INFORMACION ÚTIL

Tabla de medidas de comida

Todo lo que necesitas saber es cuál es el Día de la Pizza. Ignora cualquier otra oferta del comedor (¡o lo lamentarás!)

NO pruebes el bizcocho. ¡No sabes lo que puedes encontrar dentro!

Cuadro de balones

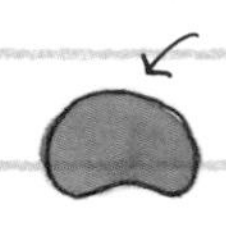

Cuanto menos redondo sea el balón, menos botará.

NO cojas un balón que parezca un cojín abombado

Tabla de los deberes

(O mesa de los deberes si es que haces tus deberes en el suelo).

Una página = ½ hora

La reseña de un libro = entretenerse durante una hora y después trabajar durante una hora

$4a + 2a =$
$6a - 3a =$
$1.3 \times 2.5 =$
$6.8 \times 7.1 =$

Veinte problemas de mates = sufrimiento toda la tarde y tiempo de cálculos que podría haber usado para ver la tele

Tabla de medidas de línea

La línea en la que estás es siempre la más larga y lenta. Peores líneas: la del autobús, la de las excursiones, la de la comida. Mejores líneas: la de las simulacros de incendios.

BBRRRNG!
BBRRNG!
¡DESPIERTA!
¡HORA DE IR AL COLE!

Tabla de Medidas de Tiempo

Lunes - ¡Agh! Otra vez me tengo que levantar pronto.

Martes - ¡Noo! Aún queda toda una semana de cole por delante.

Miércoles - Atrapado en medio de la semana.

Jueves - ¡Oye, esto empieza a ser divertido!

Viernes - ¡Yuju! ¡Un gran día y el fin de semana por delante!

Sábado - ¡PERFECTO! ¡Un día entero para mí!

Domingo - No puedo disfrutarlo sabiendo que mañana es... ¡LUNES otra vez!

He pasado de:

Fiambreras con personajes en ellas

El Señor Ojos Saltones

A contenedores aislantes de alta tecnología con colores de moda

Solía tener deberes fáciles y divertidos

Une los puntos

He pasado de dibujos con rotuladores gruesos como este

A dibujos chulos con bolígrafos de gel

Manos detrás de la espalda para evitar tener que dibujarlas

¡En fin! Ya estás preparado para el colegio. No te devorarán las exposiciones orales, ni te envenenarán en el comedor, ni te pisarán los proyectos de ciencias. Quizá tendrás que pasar unas veces, y otras veces estarás al borde del caos, pero ¡SOBREVIVIRÁS!

Ahora tengo montones de trabajos

¡AYUDA!

Superviviente preparada con mochila, casco, kit de emergencia y, lo más importante, cerebro equipado con habilidades y trucos para enfrentarse a cualquier horror escolar

Fijaos en la sonrisa relajada, ¡no está tensa o preocupada en absoluto!

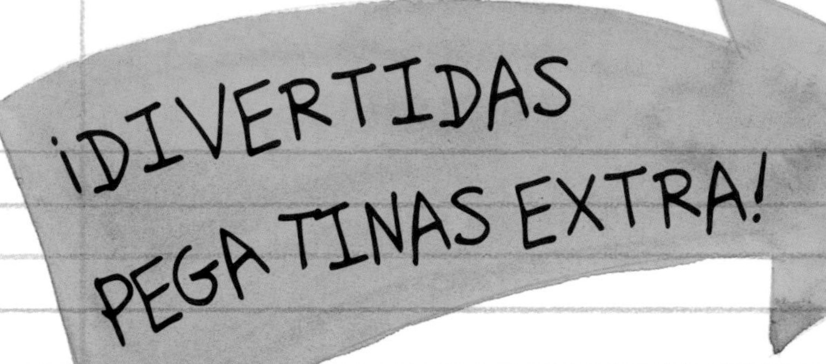
¡DIVERTIDAS
PEGATINAS EXTRA!

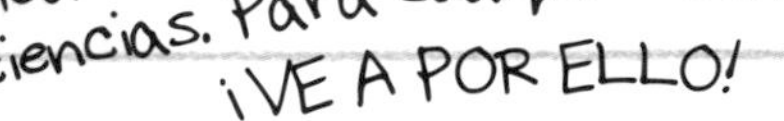
Puedes usarlas en las tapas de tus libros, estuches, deberes, incluso sobre ti mismo. Pero no las comas, dobles, cortes o mutiles. Y olvídate de usarlas para tus trabajos de ciencias. Para cualquier otra cosa, ¡VE A POR ELLO!